Les pages blanches de la détresse

Du même auteur

Le Violon d'Adrien, Mémoire d'encrier, 2023
Masi, Mémoire d'encrier, 2018
Je ne savais pas que la vie serait si longue après la mort, Mémoire d'encrier, 2017
Les Temps de la cruauté, Philippe Rey, 2017
Nuit albinos, Mémoire d'encrier, 2016
L'Escalier de mes désillusions, Philippe Rey, 2014
Cures et châtiments, Mémoire d'encrier, 2013
Histoires entendues ou vécues dans un tap-tap, Éditions C3, 2013
Collier de débris, Mémoire d'encrier, 2013
Maudite éducation, Philippe Rey, 2012, 2024 ; Mémoire d'encrier, 2013 ; Points, 2015
Quand le jour cède à la nuit, Vents d'ailleurs, 2012
Soro, Mémoire d'encrier, 2011
Le Sang et la Mer, Vents d'ailleurs, 2010
Saison de porcs, Mémoire d'encrier, 2009
Banal oubli, Vents d'ailleurs, 2008
Clair de manbo, Vents d'ailleurs, 2007
Treize nouvelles vaudou, Mémoire d'encrier, 2007, 2023
Les Cloches de La Brésilienne, Vents d'ailleurs, 2006, 2019
Chroniques d'un leader haïtien comme il faut, Mémoire d'encrier, 2006
Le Diable dans un thé à la citronnelle, Vents d'ailleurs, 2005
Je sais quand Dieu vient se promener dans mon jardin, Vents d'ailleurs, 2004
À l'angle des rues parallèles, Vents d'ailleurs, 2003
La Piste des sortilèges, Vents d'ailleurs, 2002

Gary Victor

Les pages blanches de la détresse

roman

Philippe Rey

7, rue Rougemont – 75009 Paris

www.philippe-rey.fr

Ce jour est un jour de fureur, un jour de détresse et d'angoisse. Un jour de ravage et de destruction. Un jour de ténèbres et d'obscurité, un jour de nuées et de brouillard.

Sophonie 1 : 15

Ma chère fille,

Tu liras certainement ces mots.

Ton départ en coup de vent avec ta mère sans qu'elle m'ait mis au courant m'a causé un terrible choc. N'était-ce ta petite chienne que tu n'as voulu confier qu'à moi, je n'aurais rien su de ce qui ressemble à une fuite, voire à une vengeance.

J'ai eu d'autres ennuis et le tout est certainement responsable de la commotion cérébrale qui a nécessité mon hospitalisation pendant deux semaines. Mais ton père est solide. Je n'ai heureusement aucune séquelle physique à part des troubles de mémoire qui se résorbent avec le temps. Les médecins jugent que je suis en pleine forme.

Ta petite chienne se porte à merveille. Ta grand-mère et moi nous en prenons soin comme de la prunelle de nos yeux, car elle est un peu de toi en ta lourde absence qui durera certainement jusqu'au jour où tu pourras disposer librement de ta vie. Je prie fort seulement pour que ce pays n'éteigne pas mon souffle avant que je te revoie, que je te serre dans mes bras.

J'essaie de me remettre à l'écriture. Pour l'instant, mes pages demeurent désespérément blanches. Je ne m'inquiète pas. Cette panne d'inspiration est passagère.

Au pays, rien ne va plus. L'essence se fait rare. La détresse de la population empire. Comble de la dérision, je viens tout juste d'apprendre qu'une drogue fait fureur dans les hauts cercles de notre société. Les gens fortunés, paraît-il, s'en mettent plein la cervelle. On l'appellerait « détresse » comme détresse.

J'en profite pour te conseiller d'éviter toute substance qu'on te proposerait pour améliorer tes perceptions et te mettre dans un état prétendument avancé. Méfie-toi des discours de la Nouvelle Rome comme de la peste.

Ton père

Carl Vausier

J'ai toujours pensé que la qualité première d'un écrivain est de savoir quand remiser sa plume, reconnaître le moment où il n'est plus capable de poser sur des pages un récit original avec des personnages qui peuvent faire leur chemin dans l'esprit des lecteurs. Je suis donc honnête avec ce que j'ai toujours professé quand je me décide maintenant à jeter l'éponge. S'il s'agissait du syndrome de la page blanche, je serais angoissé, non d'être devant cette inquiétante page, mais de ne pas savoir combien de temps durerait la panne ou la pause de l'inspiration, surtout si on a après soi un éditeur qui vous rappelle qu'une avance vous a été consentie avec des échéances à respecter.

Dans le cas qui me concerne aujourd'hui, il n'est pas question du syndrome de la page blanche. Je suis convaincu que je ne pourrai plus construire aucun univers, créer aucun personnage, encore moins vivre mes personnages, partager le plus secret de leur désir, de leur fantasme. C'est une sensation éprouvante pour un auteur, d'autant qu'on ne peut expliquer la raison soudaine de cette impuissance. C'est une forme de fin du monde. C'est bien pire qu'un homme apprenant qu'il ne lui sera plus possible d'avoir une relation sexuelle avec une femme. L'objet de son désir sera devant lui sans qu'il puisse l'assouvir. Dans mon cas, même l'objet du désir se dérobe à mes sens, à mon esprit. Je ne peux plus rien concevoir. Ma commotion cérébrale n'en serait pas la cause, selon mon médecin. J'ai consulté maints ouvrages médicaux pour savoir si une certaine maladie neurologique ne se manifestait pas de cette manière. Il y a tant d'affections rares que l'on découvre au hasard d'une maladie suivie du décès d'un proche. Je n'ai rien trouvé pouvant expliquer ce vide qui m'engloutit. Bien qu'étant un parfait mécréant, manifestant même du mépris pour nos croyances religieuses et superstitieuses, j'ai été courtisé par l'idée saugrenue qu'un écrivain jaloux de ma notoriété m'aurait jeté un sort. Ce serait une bonne chose, dans ce pays livré maintenant à la satrapie, que des voyous s'intéressent aux livres au point que des sorciers viennent en aide d'une manière ou d'une autre à des quidams dévorés par l'ambition de publier. Honteusement, j'en ai parlé à un ami *mason* – c'est ainsi qu'on qualifie chez nous ceux qui se disent initiés à la franc-maçonnerie – bien qu'on ne sache plus de quoi il retourne, tant lesdites sociétés honorables sont entraînées dans des égarements honteux. Il m'a confirmé bien vite que je n'étais en proie à aucun sort, aucun sortilège, aucune *ekspedisyon*.

J'ai pensé à me suicider. Comme un personnage de l'un de mes premiers romans ! Je n'ai qu'à imaginer les larmes de mes filles pour qu'il me soit impossible de passer à l'acte. Mais cela ne faisait que me plonger dans une souffrance poisseuse. J'étais devenu un être en dérive permanente, sans aucun port d'attache, espérant qu'un récif tueur prenne à son compte le fardeau de la décision de m'enlever la vie.

Que peut faire un écrivain qui perd le plaisir de donner vie par l'écriture aux univers qu'il imagine et où ses lecteurs peuvent naviguer dans des espaces-temps inoubliables ? Lire ? Les récits concoctés par d'autres vous ramènent à votre propre impuissance, avec le risque de vous noyer dans une glauque frustration.

Je me suis convaincu que la réalité, la nôtre, peut être le point de départ de romans à succès. On n'a pas besoin de vivre certaines situations pour arriver à les décrire, à les animer. Je connais des écrivains qui réalisent cet exercice comme des maîtres affabulateurs. Les lecteurs s'extasient de leurs récits alors que l'auteur, dans sa vie de tous les jours, est émotionnellement éloigné, voire dans le mépris total, de ce qu'il décrit. Est-ce que l'œuvre d'un artiste doit être en adéquation avec son vécu ? Pas nécessairement, sauf que le lecteur peut se tromper sur la personne en lisant les lignes qu'il écrit. Imaginez la catastrophe si cet auteur, menteur, fourbe, affichant une touchante proximité avec une population souffrante, se présente à une élection. Des milliers de gens, se basant sur ce qu'il a produit, vont alors jeter dans l'urne des bulletins en sa faveur ! Il y a des exemples de cette sorte. Ces écrivains comédiens, médiocres de toute manière, peuvent se révéler des catastrophes pour le peuple même si les maîtres de ce monde, trop heureux de trouver des pantins respectables, les portent aux nues.

Moi, je n'ose prétendre que mon œuvre est proche de mon vécu. Je laisse à ceux qui me connaissent bien le soin d'en juger. Pour l'instant, mon drame, c'est mon impuissance. Pas sexuelle. Si tout marchait aussi bien devant une page blanche qu'au lit avec une femme, cela me satisferait. Au moins, pour le lit, on offre plein de médications censées pallier une impotence passagère ou même définitive. Pour faire redémarrer mon écriture, j'ai bien essayé l'herbe, l'alcool, ne négligeant pas les bons vieux *tranpe* de chez nous. Rien n'a fonctionné. Je n'ai pas persisté dans cette voie, témoin des ravages que les drogues dures comme la cocaïne ont causés chez des amis proches.

J'ai cru que je me tirerais de cette impasse en collectant des faits devenus divers dans un pays où le sens de l'humain se perd. Un chaland a coulé au sud-est du pays avec plus d'une centaine de personnes à bord. Cette embarcation, vu son état, n'aurait jamais dû prendre la mer en pleine nuit, avec de surcroît une surcharge de marchandises. La population doit chercher d'autres voies d'accès, car des bandits campent à l'entrée de la route reliant la capitale à cette région, avec la bénédiction du pouvoir en place et de la communauté internationale. Il n'y avait pas de ceintures de sauvetage à bord. Les marchandises transportées avaient plus d'importance que les passagers. L'embarcation, nous avons le sens de l'humour, avait été baptisée : *L'Ecclésiaste*. Ce qui aurait pu faire le point de départ d'un bon roman. J'ai interviewé des survivants du naufrage, quelques autorités de la région. Le propriétaire du bateau a accepté de témoigner. J'ai abandonné bien vite ce projet d'écriture. Je n'ai plus l'énergie nécessaire pour arpenter le chaos et la folie de mon quart d'île. Cela ne m'a pas empêché de noter par la suite plusieurs sujets qui auraient pu dans le temps nourrir ma plume. Sur les réseaux sociaux où tant d'ignorants dissertent en toute liberté des thèmes les plus sérieux, on trouve de juteuses pépites. Là encore, je me suis détourné de cette source d'inspiration. Je me suis retrouvé finalement devant mon incapacité croissante à produire le moindre récit. Était-il temps de mettre fin à ma carrière d'écrivain ? À une question pareille, on craint d'apporter une réponse qui signifierait une fin du monde personnelle. Une fin de soi dont on serait le seul à ressentir la souffrance. L'inspiration partie comme une femme aimée qui vous abandonne sans vous mettre en garde, sans vous avertir. Younta, avec qui j'entretiens depuis quelques années une relation, a eu le tact de m'informer qu'elle m'abandonnerait au moment où elle le jugerait nécessaire. Je la comprends.

Que puis-je lui apporter à part la flamboyance de mon imaginaire ? Je me surestime certainement comme si je voulais me convaincre que ce type de denrée a une valeur sur le marché moderne de l'amour. Au lit, on s'entend bien malgré notre différence d'âge, mais il serait malaisé d'envisager une vie commune. Cela n'est pas impossible, bien qu'il faille éviter de brasser des illusions sur ce point.

J'ai essayé de trouver une cause au décès de mon inspiration. J'ai carburé trop longtemps à mes errances incessantes le long de la côte, à mon amour de la mer visible dans maintes de mes créations. Il n'est plus facile de se déplacer à l'intérieur du pays depuis que les bandits assiègent la capitale selon un plan qui semble avoir l'aval des chancelleries, puisqu'une voix autorisée des Nations unies a applaudi une fédération des gangs. Le kidnapping aussi fait des ravages. Les familles s'exilent. Curieusement, les brigands s'intéressent moins aux politiciens et aux grands noms de la bourgeoisie. Ce sont eux qui les financent et les commandent. Écrire sur l'angoisse permanente d'être kidnappé, alors que vos proches n'arriveront jamais à rassembler la somme colossale que réclament ces bandes sanguinaires ? Je ne peux oublier un ami poète, Jacques Roche, kidnappé puis assassiné, un rapt commandité par un secteur politique prétendument de gauche et dont les responsables sont encore libres de sévir dans le pays. J'y ai bien pensé, mais là encore je me suis fracassé sur un horizon déserté par mon inspiration.

***

Que reste-t-il à un écrivain qui a perdu sa capacité créatrice, son talent à se servir des mots pour dire, capturer le visible et l'invisible, le caractère secret des choses, les mille élans de l'âme en butte à la fois à la rudesse et à la beauté des mondes ?

Il peut revisiter sa création en quête de portes qu'il n'a pas osé ouvrir, de sentiers qu'il n'a pas voulu prendre, dont il n'a pas deviné l'existence, ou d'interdits qu'il a craint de transgresser. Chaque âge de la vie vous ouvre d'autres perspectives, vous dévoile d'autres univers, d'autres sensations, comme si le cours de notre souffle n'était qu'une progression à travers, non des mondes parallèles, mais des mondes enchevêtrés où seul le temps permet d'accéder. Je n'ai pas voulu effectuer cet exercice de revue de mon œuvre. Cela m'aurait ouvert la voie vers une dépression dont je ne me serais pas remis. Je préfère vivre ce qui me reste de temps avec l'illusion d'avoir à mon actif un labeur éclairant un peu le chaos qui m'a piégé jusqu'à ce que je ne sois plus en mesure de lui échapper.

Mes vadrouilles ont donc pris fin dans le fauteuil à bascule installé sur la terrasse de mon appartement qui domine une rue passante de mon quartier, dont la tranquillité est seulement parfois troublée par des rafales d'armes provenant du bord de mer où des groupes de bandits s'affrontent en permanence. Après que le tremblement de terre a fissuré le centre-ville, les gangs risquent de l'achever. Ce n'est qu'une question de temps. Les bandes armées sont actives à quelques mètres de la Banque centrale et de ce qui reste du palais présidentiel détruit par le séisme de 2010. La Caraïbe développe un cancer en son sein, mais elle ne fait que le constater avec une pudique indifférence en attendant que débarquent sur ses plages de rêve des hordes de désespérés.

Je me surprends, dans les affres de mon impuissance d'écrivain, à prendre plus de temps pour observer les gens et les choses alentour depuis mon fauteuil à bascule, les jambes allongées sur des coussins posés sur un banc, une grande glacière à côté de moi où je puise à satiété de la bière bien fraîche. Mon médecin m'a recommandé de ralentir ma consommation d'alcool. Il ne comprend rien à ma souffrance quand il m'est impossible de remplir une page avec un récit de moindre valeur. Je vois passer la petite Félicie, à peine dix ans, un seau d'eau sur la tête. Elle pousse ce qui sert de porte, un morceau de tôle découpée, et descend un long escalier que je connais pour l'emprunter chaque fois que je veux un article de la boutique de Madame Jules. Cette dernière traite la petite fille comme une domestique, en dépit de la désapprobation des habitants du quartier. Le mari de Madame Jules, buveur invétéré, drague sans vergogne les filles qui passent. C'est aussi un joueur de loterie. Il traque les chiffres gagnants non seulement dans ses rêves éthyliques, mais aussi dans les numéros de série des rares dollars américains que les filous au pouvoir laissent parvenir aux mains du peuple. Il y a cet homme qui passe en costume cravate couleur chocolat, une bible à la main. Il prétend devant de jeunes conducteurs de taxis-motos, attendant qu'on répare leur machine dans un atelier, qu'il est un karatéka dixième dan ayant entraîné une unité d'élite de l'armée au temps de la dictature, laquelle unité s'est volatilisée lors de sa première confrontation avec des guérilleros mal armés sur la plage d'un îlot au nord du pays. Il passe des heures à raconter ses prétendus exploits comme instructeur militaire et essaie en sus de convaincre d'accepter Jésus-Christ comme sauveur. Le peuple carbure à Jésus-Christ. Jésus sauvera de la faim, des balles perdues, des kidnappeurs, des violeurs, des policiers assassins, des politiciens pervers, des sorciers prêts à « manger » les nouveau-nés. On s'adresse à Jésus pour tout. Le mari volage, la femme qu'on veut faire revenir à de meilleurs sentiments, l'argent du loyer, de l'école, le visa pour le paradis américain, visa qu'on persiste à vous refuser… Que sais-je encore ?

Parmi les personnages qui retiennent mon attention sans que je puisse les attacher à aucune idée même boiteuse de roman, il y a Badou, qui passe chaque jour avec une poubelle pleine abandonnée par les services maintenant inexistants de la mairie. Badou s'est institué videur d'ordures pour une grande partie des habitants du quartier. Je n'ose imaginer où se trouve la décharge qu'il utilise. Badou traîne la poubelle d'une main, ce qui demande un effort physique certain, car de l'autre il tient une bouteille de *kleren*. Il se fait payer soit en espèces, soit en nature, c'est-à-dire en alcool. Je ne me souviens jamais de l'avoir vu passer l'esprit clair. Il est toujours ivre. Dans son ivresse, il débite sans discontinuer des insanités comme s'il reprochait à la terre entière sa condition de paria. Un jour, en plein midi, je l'ai vu pisser au beau milieu de la rue, causant un début d'embouteillage. Il fut un temps où les fous et les dérangés ne s'éternisaient pas dans les rues, car la municipalité faisait au moins semblant de ne pas tolérer de telles choses. Pourtant Badou est encore un homme jeune et beau. Son regard pourrait faire chavirer un régiment de nonnes avec ses pupilles qui m'évoquent les billes de mes jeux d'enfant. Pourquoi est-il la proie d'une telle détresse ? Depuis quand ? Il y a là sujet à un récit intéressant et cette pensée est pour moi un coup de poignard. Je n'écrirai plus rien. C'est fini. Je me dépêche de prendre une autre bière dans la glacière.

Je regarde passer deux filles de l'orphelinat du quartier. On n'en connaît pas trop les responsables, mais l'institution a une discipline des plus curieuse et personne n'y trouve à redire, encore moins le ministère de tutelle. Les filles de l'établissement font le bonheur des jeunes alcooliques, drogués et débauchés du quartier, car on les voit ensemble errer tard la nuit. Des citoyens, de retour au pays pour quelques jours, en profitent. La détresse a un parfum enivrant. À la fin de l'année, l'orphelinat organise toujours une grande journée de réjouissance qui laisse dans la rue des monticules de déchets, bouteilles et assiettes en Styrofoam. Une fois ne gêne pas trop. Mais il faut se battre constamment avec les pensionnaires de l'établissement pour leur faire comprendre qu'ils ne peuvent pas déverser dans les caniveaux des liquides nauséabonds empestant le quartier.

Miss Milca avec ses trois filles ! Elle a épousé un professeur de mathématiques, le père de ses enfants. C'est la meilleure réputation du quartier. Elle fréquente une église évangélique et a tenté de me convaincre de laisser le monde païen pour monter dans la barque des élus du Christ. Silfiz, ma cuisinière, m'a appris que la puritaine Milca passe voir régulièrement un vieil homme, résidant en Floride, qui revient au pays tous les trois mois. En échange de petites liasses de billets verts, elle lui offre une séance de fellation, ce qui n'est pas un trop gros péché, semble-t-il, car l'engin du vieil homme ne peut fonctionner même sous l'emprise des pilules miracle. Le salaire du professeur de mathématiques ne parvient pas à combler les besoins du couple et le ciel est bien éloigné de cette détresse terrestre. La révélation de ma servante m'a causé un choc et le peu de confiance que je faisais à la nature humaine s'est sensiblement dégradé depuis.

À ma dixième bouteille de bière, mon attention est retenue par Milcent, un homme borgne, dans la cinquantaine, qui s'est établi dans le quartier il y a une dizaine d'années. À ce que j'ai appris, il vit seul dans une chambre qu'il paie à l'année. Il gagne sa vie en faisant de petits travaux. On lui fait même confiance pour emmener des enfants à l'école et les récupérer. Il est fier de porter un bandeau noir comme dans les films de pirates que les enfants adorent. J'ai appris que le curé de la paroisse a fait diligence pour lui procurer des bandeaux. Auparavant, Milcent circulait avec un trou noir à la place de l'œil, ce qui gênait et horrifiait parfois certaines gens.

Comment Milcent a-t-il perdu son œil ? Personne ne le sait. Lui prétend ne pas s'en souvenir. Il est arrivé ici bien avant que la terre ne soit saisie de convulsions. On raconte plein de choses sur l'infirmité de Milcent. Il a osé, paraît-il, décrire à un mari jaloux ce qu'il a entrevu entre les rideaux mal déployés d'une fenêtre. L'épouse délaissée a appris l'identité du délateur. Elle s'est juré d'avoir au moins un œil du responsable du divorce qu'elle n'était plus en mesure d'éviter. Un sorcier avait pris en charge sa vengeance.

Milcent a parfois un bien étrange passe-temps. Il se tient au bord de la rue, quelques livres en main. Il en lance deux devant un véhicule essayant de faire en sorte que les quatre roues passent dessus. Quand il réussit cet exercice aussi étrange que difficile, au lieu de s'en réjouir, il éclate en sanglots et va s'accrocher à un pylône dans un état de détresse qui aurait pu faire chavirer des âmes sensibles si elles n'avaient su que l'homme souvent a d'incompréhensibles crises de folie.

Moi, dès le début, j'ai ressenti un glauque malaise en côtoyant Milcent. Cela n'a rien à voir avec son infirmité. Une coïncidence particulière en est la cause. J'ai écrit une nouvelle pour une revue étrangère, nouvelle dont je ne suis pas fier du tout parce que je considère l'avoir bâclée faute de temps. Le protagoniste de mon récit s'appelle Milcent. Son épouse doit être opérée. Il lui faut de l'argent qu'il n'a pas. Un homme inconnu de lui, un étranger, lui propose le montant nécessaire contre un œil, ce que mon personnage accepte. L'opération de sa femme réussit. La veille du jour où son épouse va quitter l'hôpital, Milcent fête l'événement avec des amis dans un bar. En rentrant chez lui, dans la rue, oubliant que sa vue est réduite à un œil, il est heurté par une voiture et meurt sur le coup.

Des rafales d'armes automatiques se font entendre sans causer aucune panique dans la rue. Les gens continuent à vaquer calmement à leurs occupations. Avec un bruit mat précédé d'un sifflement, une balle percute le pylône électrique de béton en face de chez moi. La bière que j'ai bue doit avoir aiguisé momentanément mes perceptions. La seule personne après moi qui semble avoir entendu l'impact est Milcent. Il était assis sur un muret à fumer une cigarette. Il se laisse glisser vers le sol, puis marche de long en large, l'air soudain agité. Il s'arrête brusquement, visage tourné vers moi avec l'expression d'une grande colère. Il me désigne du doigt et dit quelque chose que je n'entends pas à cause de la pétarade des taxis-motos.

Milcent traverse la rue. Il vient frapper furieusement à ma porte. Que veut-il ? J'attends un moment, car c'est ma servante Silfiz qui s'enquiert toujours de l'identité du visiteur. Elle m'informe, inquiète, que Milcent veut à tout prix me parler. Elle m'avertit qu'il n'est pas dans son état normal. « Il a bu, monsieur Vausier. À moins qu'il n'ait pris un thé de datura ou fumé de la mauvaise herbe. Je dois vous dire que depuis quelque temps la rumeur circule qu'il fréquente le gang de Racine Carrée. Mais les gens ont si mauvaise langue de nos jours. » Racine Carrée ! L'un des plus puissants chefs de gangs de la capitale ! Milcent continue de frapper à la porte et à vociférer. Quelques personnes, toujours à l'affût de la moindre scène, se sont arrêtées dans la rue en attente d'un spectacle intéressant. Je suis un écrivain connu et chez moi, devant chez moi, il ne se passe jamais rien pour satisfaire l'insatiable curiosité populaire. Je me lève de mon fauteuil à bascule. Je vais ouvrir. Je me retrouve devant Milcent, fulminant, un doigt accusateur pointé vers moi.

– Mon œil… Rends-moi mon œil. Je sais que tu le gardes ici. Salaud ! Imposteur !

La bave sort de sa bouche. Pourtant, il n'émane de lui aucune odeur d'alcool ni d'herbe. Il aurait pu bondir sur moi et m'agresser si deux voisins, Alfred, un mécanicien, et

Ti-Will, un jeune chômeur à qui j'accorde parfois mon aide, ne l'avaient à temps maîtrisé.

– Il a mon œil, hurle Milcent. Il a mon œil !

Je ne sais que répondre. La scène est improbable, surréaliste. Je dirais même d'une vacuité à faire pleurer. Quelle suite peut-on donner à une telle situation ?

– Il n'a plus sa tête, me dit Alfred.

– Viens, Milcent, fait Ti-Will qui maîtrise le borgne, car c'est lui le plus costaud.

– Il a mon œil ! hurle encore Milcent. Je vous jure qu'il me rendra mon œil. J'ai des amis puissants, moi.

J'ai cette réplique qui décuple sa fureur.

– Après tout ce temps, même si je l'avais, qu'en aurais-je fait ?

Il parvient à échapper à l'étreinte de Ti-Will et à foncer vers moi. Je ne peux éviter un coup du tranchant de la main au-dessous du menton, ce qui me coupe le souffle. Pendant qu'on emmène le forcené, je tente de retrouver ma respiration, de reprendre mes esprits. Silfiz et un autre voisin me soutiennent. « Vous allez bien, monsieur Vausier ? Ne voulez-vous pas qu'on vous emmène à l'hôpital ? » J'ai un goût de sang à la bouche. « Je t'aurai, vocifère Milcent. Je reviendrai et, cette fois, tu seras bien obligé de me rendre mon œil. » Quelqu'un me demande si je ne vais pas porter plainte. C'est une blague de mauvais goût dans un pays où il est difficile de distinguer les autorités légales des bandits devenus… légaux. Je réponds que ce n'est pas nécessaire. Milcent est en proie à une crise de folie qui a à voir avec son œil perdu on ne sait comment. Cependant, s'il récidive, je me réserve le droit de prendre les décisions appropriées.

J'ai mal à la gorge et des problèmes de déglutition. Silfiz me prépare une infusion. Le breuvage me soulage. Elle me recommande de ne pas m'installer de nouveau sur la terrasse. Avec ce fou dans les parages, il faut prendre ses précautions. Il peut me canarder avec des pierres ou des bouteilles. Elle me parle de sa fille de cinq ans toujours malade. Une mauvaise fièvre la ronge encore et aucun médecin n'en trouve la cause. Pour elle, c'est l'œuvre de ceux qui servent le démon. Je me couche, me promettant au moins une bonne heure de sommeil, mon téléphone en mode silence, la TV, habituellement sur une chaîne d'informations continues, éteinte. Avec la mainmise du gouvernement et des secteurs maffieux sur les médias, je ne vois plus la nécessité de suivre les bulletins de nouvelles. Cela demande trop d'énergie, trop de prérequis pour démêler le vrai du faux, pour avoir même un début de compréhension des faits et des événements.

***

Des coups de feu me réveillent. Ces détonations sont tellement proches qu'on peut penser que les tireurs ont pénétré dans la maison. Je vais précautionneusement à la fenêtre. D'une jeep de la police nationale ayant pris position au beau milieu de la rue, descendent des hommes en civil, encagoulés, exhibant des armes lourdes. Il ne s'agit pas d'une unité de la police, ce qui m'inquiète ; je vois parmi eux Milcent. Il discute avec les hommes armés comme s'il s'agissait de personnes qu'il connaît bien. Milcent leur désigne ma demeure. Ils s'en approchent en position d'un commando prêt à donner l'assaut. « Police ! Ouvrez ! » braille l'un des assaillants en frappant sauvagement à la porte de la crosse de son arme. J'entends Milcent hurler : « Il faut qu'il me rende mon œil. Je veux qu'il me le rende ! » Faire entendre raison à un tel énergumène n'est pas envisageable. Ils vont enfoncer la porte d'entrée. Je m'empresse de sortir par l'arrière. Je parviens, en m'aidant des branches d'un amandier qui se dépouille à flot de ses feuilles, à prendre pied sur le mur de clôture. Je me glisse dans la cour du voisin. Heureusement, à cette heure, son doberman est attaché. L'animal me connaît. J'ai eu l'occasion de lui offrir des friandises et de lui caresser l'encolure, mais mon arrivée d'une manière aussi inhabituelle sur son territoire peut porter un chien à des réactions imprévisibles. « Monsieur Vausier ! Qu'est-ce qui se passe ? » C'est le gardien. Je lui fais signe de se taire et de m'ouvrir le portail qui donne sur l'autre rue. Des coups de feu dans ma demeure. Ils sont furieux sans doute de ne pas me trouver. Le gardien comprenant la gravité de ma situation s'empresse de me conduire hors de la propriété. Je saute sur un taxi-moto sans savoir encore quelle direction indiquer au conducteur.

***

Rouler à moto dans Port-au-Prince, apparemment assoupi dans ses vomissures, donne le même vertige qui doit saisir les âmes devant le néant. Comme pour ponctuer cette course hallucinante, un haut-parleur placé sur la moto joue un hit d'un groupe *konpa*. Le chanteur martèle : « *Nou pa moun ankò.* » Accroché au conducteur, j'ai l'impression de jongler avec la mort entre les ornières pleines de boue et d'immondices, les crevasses cisaillant l'asphalte, et ce qui reste de barricades que la police enlève durant la nuit et que la population réinstalle sitôt après. Des immeubles exhibent leurs vitres brisées par la fureur aveugle des manifestants. La suie noire des pneus enflammés s'est incrustée partout, peut-être aussi dans l'âme des habitants de la ville. Il ne faut pas penser à une pluie cette nuit pour nettoyer un peu de la saleté générée par la fureur des laissés-pour-compte. Quand les torrents créés par les averses se déversent des montagnes qui bordent la ville, montagnes tapissées d'habitations de fortune, ils tressent des cordeaux de boue, de pierres et d'immondices qui obstruent les rues. Le conducteur de la moto, un jeune avec des dreadlocks, me demande encore ma destination. Tout s'est déroulé si vite que je n'arrive pas à mettre de l'ordre dans mes idées. Me rendre chez Younta, mon amie de cœur qui habite dans un quartier à l'est de la capitale, zone de plus en plus menacée par les gangs ? Ce n'est pas une bonne idée. Quelques personnes ayant des liens avec Milcent connaissent cette adresse. Il me faut du calme, un peu de temps pour réfléchir. Il est à peine 18 heures. J'ai au moins deux heures devant moi avant qu'il ne fasse nuit et que le couvre-feu de fait ne s'établisse dans la ville. Je donne au conducteur le nom d'un restaurant à Pétion-Ville. La course va me coûter un petit paquet de gourdes en ces temps de pénurie d'essence. À ce stade, je n'ai pas le choix.

***

Je me suis choisi une table avec vue sur la rue et sur la place publique de ce qui était auparavant la banlieue chic de Port-au-Prince. Ce que j'observe me rappelle une scène que j'ai déjà décrite. Des putes bien mises rient aux éclats sur le trottoir d'en face. Elles taquinent un jeune homme portant pantalon moulant noir et corsage pailleté d'argent, dont les courbes n'ont rien à envier à celles des demoiselles. Une Mercedes aux vitres teintées – les vitres teintées sont devenues un attribut du pouvoir dans ce pays – s'est arrêtée à leur hauteur. Quand le véhicule repart, le jeune homme n'est plus là. Les filles lancent une bordée d'injures en direction de la Mercedes, mais s'empressent d'aguicher d'autres voitures. Aucune ne s'arrête. Je me fustige de m'intéresser à cette scène alors que j'ai un problème urgent à résoudre. Comment échapper à ces hommes qui m'en veulent pour une raison absurde ? Je ne vais pas les convaincre que ce Milcent est fou, que je n'ai rien à voir avec son œil perdu depuis plus d'une dizaine d'années.

Je commande un jus de goyave à un serveur tout surpris de mon choix. Avec ma barbe de plusieurs jours, je fais penser à quelqu'un qui carbure à l'alcool. Il se penche vers moi pour me souffler que si je désire autre chose, quelques grammes de détresse par exemple, il peut m'en fournir et de la meilleure qualité. Je refuse son offre et il s'incline obséquieusement avant de s'éloigner. J'essaie de réfléchir. Pour un écrivain en panne d'inspiration, ce qui se passe maintenant peut être le point de départ d'un récit captivant. J'ai beau me triturer les méninges jusqu'au retour du serveur avec mon grand verre de jus, je ne vois nul moyen d'avancer dans une telle histoire. Dois-je considérer ce que je vis, ce début de récit, comme la source d'une rivière et me laisser porter par le cours d'eau ? J'ai tout fait pour ne jamais être le simple observateur de mes personnages, assistant passivement à leur course. Un créateur n'aurait aucune raison d'être. Il doit se soucier du devenir de sa création jusqu'au jour où ses créatures le supplantent, ce qu'il doit éviter en les surveillant de près. C'est ce que fait Dieu qui édicte toutes ces lois à observer, menaçant les mortels des pires châtiments s'ils s'avisent de violer ses prescrits.

Mes pensées dérivent trop. Je reviens à mon problème. Une seule solution. Me payer une chambre d'hôtel. Je n'ai pas assez de cash. Mes deux cartes de crédit ont atteint leur plafond. Je me décide à appeler Max. C'est un ami, professeur de français et syndicaliste. Il me donne souvent un coup de main appréciable dans la correction de mes écrits. Il pourra peut-être, au moins cette nuit, me sortir de ce mauvais pas.

J'insiste au téléphone avant de réussir à le trouver. Il m'apprend qu'il n'est pas chez lui. Il a échappé de justesse à une tentative de kidnapping. Ce qui l'inquiète le plus, c'est la piste politique. Il effectue un important travail avec des ouvriers dans la sous-traitance. Il a déménagé et se trouve plus éloigné de ma position qu'il l'était auparavant. Il accepte toutefois de prendre le risque de venir me récupérer. Je dormirai donc chez la personne auprès de qui il s'est réfugié en attendant une autre solution. Le trajet lui prendra au moins trente minutes et il ne me garantit pas d'arriver jusqu'à moi si, en cours de route, survient un quelconque ennui. « Les contrôles ne sont pas sûrs. Des bandits, la nuit, opèrent en se faisant passer pour des policiers. » Il raccroche. J'espère qu'il arrivera jusqu'à moi sans encombre. J'aperçois alors un homme debout devant moi. Un Blanc ! Jean et T-shirt à l'effigie du Che. Verre de whisky plein à la main.

– Vous êtes Carl Vausier, si je ne me trompe. L'écrivain !

J'acquiesce. En ce moment, je ne sais vraiment pas si une quelconque compagnie me soulagerait de mon stress. Sans demander ma permission, il tire à lui une chaise et s'assied en face de moi.

– James Calahan. Je suis journaliste, reporter et aussi écrivain.

Accent américain ! New-yorkais si je ne me trompe pas. Il me tend la main. Je n'aime pas être ainsi forcé d'accepter une conversation, mais je ne vois pas comment y échapper sans me montrer désagréable. De toute manière, Max arrive dans quelques minutes.

– J'ai lu pas mal d'articles sur vous, monsieur Vausier, mais seulement deux de vos romans. Ils m'ont beaucoup plu. Vous avez une fine connaissance des réalités de votre pays. On aurait intérêt à vous lire beaucoup plus.

Je le remercie. Il boit une gorgée de son whisky, puis dépose le verre sur la table d'un geste à la féminité assurée.

– J'aurais bien aimé écrire un roman ayant pour cadre les turpitudes de votre société, l'apartheid qui y sévit sans s'assumer pleinement.

– Vous êtes journaliste ! En plus, Américain ! Vous devriez savoir que votre gouvernement depuis toujours alimente ces turpitudes.

Il garde le silence quelques secondes. Il veut donner l'impression d'un enfant pris en faute. Dans son regard, je lis un profond ennui, une certaine tristesse, aussi une interrogation qui ne s'exprime pas encore.

– J'ai un sujet de roman pour vous, me lance-t-il abruptement.

Je vis aujourd'hui des choses étonnantes. Pour un écrivain en panne d'inspiration et recherchant une piste, voici une rencontre ayant l'air d'une heureuse coïncidence. Je tends l'oreille. Dans les situations les plus improbables, on peut trouver une solution à un problème apparemment insoluble.

– Le personnage principal est un agent de la CIA. Il est envoyé en Haïti pour une mission dont il ne saura la teneur qu'une fois sur place. On lui remet une enveloppe contenant les instructions. Il doit l'ouvrir arrivé à destination. Il ne pose pas de question. Il n'a qu'à obéir aux ordres.

– Quelle est sa mission ? lui demandé-je, me disant que mes espoirs d'un récit exceptionnel se sont envolés.

– C'est là le casse-tête, me répond l'Américain.

– C'est votre sujet, lui fais-je remarquer.

– Vous avez raison. C'est mon sujet. Mon problème à résoudre. Je n'y parviens pas pour l'instant. Peut-être pouvez-vous m'aider.

– Quelle est la difficulté ? Vous feriez mieux de tout me dire très vite. On vient me récupérer dans quelques minutes.

– Quand cet agent de la CIA, en Haïti, ouvre l'enveloppe, il n'y trouve que des pages blanches. Il effectue toutes les manœuvres connues pour faire apparaître une écriture, des motifs cachés. Rien. L'enveloppe a été en sa possession sans interruption. Impossible qu'on ait procédé à une substitution. Il appelle en urgence son supérieur à Langley. On lui répond que tout se déroule comme prévu. Il doit entamer sa mission. Laquelle ? Il ne sait pas.

– Premièrement, découvrir pourquoi les pages sont blanches, lui lancé-je, nullement intéressé par le sujet qu'il m'expose.

L'Américain considère son verre avec un air ulcéré.

– À quoi peuvent servir des pages blanches ? À écrire. Une histoire de fou ! Mon personnage a plus de vingt ans de service. L'un des meilleurs agents. Il a effectué des missions périlleuses partout sur la planète.

Il termine son verre, appelle le serveur et commande un second. Il me propose de prendre une boisson à ses frais, ce que je refuse poliment. Je vois Max descendant d'une voiture qui vient de stationner en face du restaurant. Les putes sont déçues que ce ne soit pas un client.

– Réfléchissez, conseillé-je à l'Américain. Vous trouverez bien comment aider votre personnage. Les pages blanches peuvent être aussi un indice. Une piste à explorer.

Ce que je viens de lui dire semble l'intéresser. Il me tend une carte de visite.

– Si vous avez une lueur, appelez-moi. Vous raconterez un jour que vous avez donné un coup de pouce à un écrivain américain en panne d'inspiration.

– Je suis également dans mes pages blanches, lui dis-je, en acceptant sa carte beaucoup plus pour me débarrasser de lui. Panne d'inspiration aiguë.

– Vous êtes dans les pages blanches ! s'exclame-t-il, faussement stupéfait.

Max est devant moi. On sent son stress.

– Il faut qu'on parte, Carl.

Je me lève. Je salue l'Américain pour lequel mon ami n'a aucune attention. On sort du restaurant. Je sens les regards de l'étranger rivés sur moi jusqu'à ce que je prenne place dans le véhicule. Les putes nous offrent leurs services avec une insistance agressive. Max démarre en trombe comme s'il avait le diable à ses trousses.

***

Max ne dit rien pendant qu'il conduit. On doit attendre d'être rentrés pour pouvoir parler. Sur le siège arrière, j'aperçois un panier plein d'articles pour nouveau-né : couches, biberons, etc. Pour chasser le silence, je lui demande à qui ils sont destinés.

– Tu vas savoir, dit-il.

Il choisit un itinéraire qui évite les rues barricadées et les quartiers tenus par les gangs. Il parvient jusqu'à l'avenue qui mène à l'aéroport. À cette heure, la circulation est presque inexistante. Des ouvriers de la sous-traitance rentrent chez eux à pied malgré l'heure tardive. C'est impossible pour eux de trouver un transport en commun. Aucune patrouille de police. Le véhicule n'a pas de climatiseur. Nous entendons des rafales d'armes. Il y a toujours le risque d'être atteint par une balle perdue. Après plus d'une décennie de présence des Nations unies au pays, prétendument pour établir la sécurité, il n'y a jamais eu autant d'armes en circulation.

Max s'arrête devant une petite place publique qui porte le nom du leader vénézuélien Hugo Chávez. Une manière de remercier ce pays qui, surtout après le séisme de 2010, nous est venu en aide plusieurs fois sans avoir recours aux conditions féroces qu'imposent habituellement les tuteurs occidentaux. Je suis étonné de trouver la place, auparavant si bien entretenue, couverte par une marée humaine. Des tentes de fortune, des prélarts sont déployés partout. Sur le trottoir, des étals en bois de récupération. Des femmes offrent de la mauvaise friture qui empeste. Je vois des jeunes agglutinés autour d'une espèce de roulette lumineuse pour y parier et perdre ce qu'ils ont peut-être recueilli par le vol ou la mendicité pendant la journée.

– Pourquoi tous ces gens ici ? je demande à Max.

– Ils fuient la guerre entre les gangs. Leurs quartiers ont été attaqués. Des maisons incendiées. Des hommes tués. Des femmes violées. Beaucoup de ceux qui ont pu fuir se sont réfugiés ici.

Il prend le panier sur le siège arrière et ouvre la portière de son côté.

– Suis-moi, me lance-t-il. On n'a pas beaucoup de temps.

Max se fraie un passage dans la cohue. Je me colle à lui comme si je risquais de me perdre dans cet univers semblable à celui d'un peintre tourmenté comme Boch, cherchant à capter les vibrations de la détresse à travers les mouvements des corps, les dispositions des choses. Je frôle des sueurs poisseuses, des désespoirs si rudes qu'on pourrait les saisir de la main. Des frustrations et des haines qui ne demandent qu'à exploser. Je ne vois rien qui pourrait ressembler à un espace d'autorité étatique ou à un stand de la Croix-Rouge. Encore des odeurs de mauvaise friture ! On cuisine ce qu'on peut dans ce lieu d'abandon et de déchéance. À l'extrémité sud de la place, j'aperçois une jeune fille, presque une adolescente, allongée sur une couche de cartons et de haillons. Elle donne le sein à un nouveau-né. Il y a encore des traces de sang sur la couche et dans le caniveau longeant l'espace que se sont approprié la fille et quelques membres de sa famille. « Elle a accouché ce midi, ici, en plein soleil, m'apprend Max. Un maïeuticien se trouvait par hasard sur le site. C'est lui qui a sauvé le bébé. J'ai entendu la nouvelle à la radio et je me suis précipité ici. Voir si ce n'était pas une blague de mauvais goût. J'ai promis de revenir avec ce que je pouvais. »

Max tend le panier à une femme âgée. Il me la présente comme la tante de la jeune mère. Il donne quelques billets à cette dernière. Elle lui dit merci, les larmes aux yeux. Elle a dû souffrir. La joie de tenir son enfant maintenant dans ses bras doit lui faire oublier toutes les douleurs. Une brise fraîche souffle sur la place. S'il pleut, comment protégera-t-elle son bébé ? Comment ces gens se protégeront-ils des torrents d'eau boueuse se déversant sur cette place par forte pluie ? Toujours cette sensation de vivre un cauchemar d'où on ne s'échappera pas. Comment penser que l'enfer puisse être ailleurs quand on constate de tels affronts à l'humanité ? Max me secoue l'épaule : « Allez. Reprends-toi. On fait ce qu'on peut. On doit partir. » On quitte la place. Je ne sais comment Max arrive à retrouver son chemin dans cette multitude de miséreux qui n'ont pu trouver refuge qu'ici. Dans l'auto, pour juguler le choc que je viens de subir à la vue de cette jeune mère avec son nouveau-né, Max me ramène à mon propre problème.

– Pourquoi t'es-tu enfui de chez toi ? Une tentative de kidnapping ?

– Non. Quelqu'un qui m'accuse de lui avoir volé son œil.

Max braque soudain à gauche pour éviter une ornière. Il est si surpris par ce que je viens de dire qu'il ne parvient pas à reprendre le contrôle du véhicule dont une roue va heurter le trottoir. On entend un éclatement. Le pneu vient de rendre l'âme. Le moteur cale. La voiture s'arrête.

– Merde ! jure Max. Nous sommes dans de beaux draps.

– As-tu un pneu de rechange ? je m'inquiète. Le matériel pour procéder au remplacement ?

Max a les deux mains sur le volant. En ce moment, c'est le portrait d'un homme découragé, affolé.

– Pas de pneu de rechange. C'est le plus mauvais endroit pour tomber en panne. Il y a un gang actif dans cette zone.

Malgré l'obscurité, on peut être repérés. Les soldats de ces gangs sont alors dans leur élément. On a des heures à attendre avant le lever du jour.

– On sort et on marche, décide Max. Avec un peu de chance, on atteindra dans trente minutes une zone moins risquée.

Comme s'il avait appelé à lui des ennuis, on est aveuglés par les phares d'un véhicule qui roule vers nous à toute allure. Une jeep de la police nationale ! Elle freine en face de notre voiture. Des policiers puissamment armés sautent à terre. Ils nous mettent en joue, prêts à faire feu. Je suis trop mécréant pour penser à une prière. L'un d'eux braque une lampe torche sur Max.

– Professeur Max ! s'exclame-t-il. Que faites-vous sur cette route à cette heure ?

– Un éclatement de pneu, explique mon ami. Nous revenons de la ville.

– Vous ne pouvez pas rester ici. Descendez. La patrouille va vous conduire chez vous. Demain, vous ferez diligence pour récupérer votre voiture.

Un policier ricane méchamment.

– S'il en reste quelque chose, inspecteur. S'il en reste quelque chose.

***

Nous sommes assis sur une petite terrasse couverte de lianes. Des grappes de fruits mauves pendent lourdement au-dessus de nous, prêtes à tomber sur nos têtes et à nous enivrer de leurs effluves. Nous pouvons voir d'ici la route déserte qui va vers la ville de Croix-des-Bouquets et plus loin vers la frontière dominicaine. Une partie de la zone est sous le contrôle d'un gang contrôlé par un déporté qui s'est affublé d'un sobriquet presque intraduisible en français. Il y a bien quelques excursions sporadiques de la police, mais sans véritable feu vert du gouvernement et de ses tuteurs internationaux, américains surtout, ces gangs opèrent avec une relative liberté. C'est le peuple qui paie les pots cassés tout en participant aussi à entretenir le chaos. Ses militants érigent des barricades, payés et soutenus par des politiciens qui iront ensuite ripailler dans les ministères et les grands hôtels. Le peuple hurle qu'il veut couper des têtes, brûler des demeures, mais il n'ira jamais décapiter les vrais responsables de ses malheurs.

– Cette histoire d'œil ! me lance Max. C'est une boutade ou un sujet pour ton nouveau roman ?

Une rafale d'arme ponctue sa question. Deux jeeps de la police passent en trombe sur la route, bien vite happées par l'obscurité. La ville dort tel un monstre repu, fatigué, qui reprend des forces pour le jour prochain. Je pense à cette adolescente qui a accouché à même le sol, dans ce camp improvisé.

– Je n'aurais jamais pu imaginer une fin de journée pareille, je réponds à Max. Ce type, je le connais depuis des années. Il est arrivé dans le quartier sans son œil. Le curé de la paroisse lui a offert des bandeaux standards pour éviter qu'il exhibe un hideux orifice faisant peur surtout aux enfants. Moi, quand je le voyais alors, j'avais l'impression de me trouver devant une petite fente avec vue sur l'enfer. L'homme cependant n'était pas méchant pour un sou. Il vend des numéros de loterie, rend de menus services aux habitants du quartier. Je me rappelle seulement qu'au début j'avais été étonné par une curieuse coïncidence. Il porte le même nom qu'un personnage d'une de mes nouvelles que je veux oublier, un personnage borgne comme lui. Cet après-midi, voici cet homme qui débarque chez moi comme un enragé en me réclamant son œil. Dans un premier temps, j'arrive à me débarrasser de lui avec l'aide des voisins. Il revient quelques heures plus tard avec une troupe de malfrats armés jusqu'aux dents.

Max se fait philosophe avec son verre et sa bouteille de whisky en main. Je me permets un peu d'alcool, ce qui n'est pas coutume.

– Nous avons un énorme problème de santé mentale dans ce pays. Cela risque de s'aggraver.

– Je me suis échappé de justesse. Je n'avais que toi à appeler pour me tirer de ce mauvais pas.

– Tu as de la chance que je ne sois pas chez Éliane. Elle m'aurait interdit de m'aventurer dans les rues à cette heure.

Éliane est sa femme. Max est un militant révolutionnaire qui prend constamment des risques pour la défense des droits des ouvriers. Mais la seule police, le seul escadron de la mort qu'il craint, c'est son épouse.

– Ensuite, un truc bizarre m'est arrivé pendant que je t'attendais au restaurant.

Il me fixe d'un regard interrogateur où je vois passer la brume de l'alcool. J'allais lui parler de cet Américain et de son étrange sujet de roman. Je me ravise. Pour Max, je force trop sur le travail. Je peux faire sauter quelques circuits de mes neurones. Ses craintes se révèlent fondées, peut-il conclure. L'histoire du borgne suffit.

– J'aurai le temps de t'en parler, je dis à mon ami.

– Je suis là pour toi, Carl. Si ce que tu racontes est vrai, tu as un problème de taille sur le dos, d'autant que tu ne sais pas de quoi il en retourne.

– Que me suggères-tu ?

– T'adresser à la police.

– Je ne te suis pas. Les politiciens ont pourri notre police. On a eu la chance inouïe d'être tombés ce soir sur l'un de tes anciens étudiants devenu policier.

– J'ai un ami inspecteur de police qui peut t'aider. Je lui rends quelques services comme celui de corriger ses mémoires. Il est encore jeune, mais il tient à les écrire. Il ne refusera pas de t'assister. Il y a quelques fonctionnaires honnêtes et compétents dans notre police. Des rumeurs courent à son sujet. Il aurait exécuté de sa propre main des malfrats.

– Un policier qui se fait justicier !

– On peut s'adresser à lui, te dis-je.

– Je te fais confiance.

Une question me trotte dans la tête.

– Pourquoi ne loges-tu plus avec ta femme ?

Max regarde avec peine la bouteille de whisky maintenant vide.

– Depuis qu'on a tenté de me kidnapper, je suis devenu pour mon épouse – il ménage une pause avant de continuer – un homme dangereux. Elle accepte que nous logions dans des demeures différentes pour des raisons de sécurité. Cependant, elle me met la pression pour que je quitte le pays avec elle.

Un homme dangereux ! Max fait référence à un recueil de nouvelles que j'ai publié il y a quelques mois. Dans ce pays qu'on fait sombrer à dessein pour l'amarrer à la république voisine tel un dépotoir et un réservoir de main-d'œuvre, la littérature perd de plus en plus pied. Il est temps d'aller se coucher. J'ai du mal à m'endormir malgré le whisky. Habituellement, cette boisson m'assomme. C'est pourquoi je l'évite.

L'image de l'Américain qui m'a présenté ce sujet tortueux me hante.

Je m'endors.

Je rêve souvent d'une ville qui est l'envers de celle où je vis. Dans mon rêve, une beauté, un silence, une angoisse, une souffrance inexplicable semblable à celle qui vous étreint quand on revoit son paradis perdu. Le songe bascule dans le cauchemar. Je suis poursuivi par Milcent qui brandit un scalpel de la taille d'une machette. Il ne dit rien. Les rêves sont-ils silencieux ? Il veut me prendre un œil. L'avantage dans un cauchemar, c'est la possibilité de s'échapper en se réveillant. Je suis en sueur. Je bois de l'eau fraîche dans le pot posé sur la table de nuit. J'entends le ronflement sonore de Max dans la chambre voisine. Des rafales d'armes lourdes en continu. Va-t-on finalement s'habituer à cette situation ? Une prison dans un cauchemar ! Une prison où la porte de sortie est définitivement scellée par les bons soins de nos tuteurs et de leurs valets.

***

Les petits matins n'ont plus la saveur d'antan. Si le soleil à son lever, au-delà du lac, n'a rien perdu de sa splendeur, il éclaire une torpeur nourrie par l'absence des chants du coq. On n'entend plus les annonces des vendeuses de figues-bananes, d'œufs bouillis, de pain chaud, de noix grillées, de bouillie de maïs. Les prédicateurs, qu'on croit être des engagés surpris par la lumière du jour et qui donnent le change par leurs prêches vindicatifs, n'osent plus s'aventurer dans ces rues où Jésus ne pourra pas retenir une gâchette facile. Quelques rares véhicules sur la route qui aurait dû être embouteillée à cette heure. Les gangs n'en sont pas seuls responsables. La rareté des produits pétroliers a immobilisé des dizaines de milliers de véhicules. On se bat devant les stations d'essence comme dans un film de science-fiction qui traite de fin du monde. Si on n'a pas le mental nécessaire pour passer des heures dans une file sans la certitude d'atteindre un poste de distribution, mieux vaut abandonner la partie. Ce qui cause le plus de colère dans cette situation intolérable, ce sont les policiers usant de leur autorité pour faire le plein et qui en profitent pour repartir avec des bidons d'essence qu'ils vont refiler à trois ou quatre fois leur valeur au marché noir. Comme toujours, le gouvernement se tait.

Max et moi sommes sortis tôt pour récupérer la voiture. Chacun de nous sur un taxi-moto, on arrive en une dizaine de minutes à destination. Aurions-nous dû être surpris par le spectacle qui nous attendait ? On découvre un attroupement autour de ce qui reste du véhicule : la carcasse seulement qu'on a même tenté de sectionner. Tout a été démonté, dévissé avec célérité, car les voleurs devaient s'attendre au passage d'une patrouille policière. Ce qui intéresse la foule, c'est un jeune homme, torse nu, étendu sur la route, un pneu, celui qui avait éclaté, sous le bras. Il a reçu une balle en pleine tête. Sa cervelle mêlée au sang s'écoule par la perforation. Est-il le seul que la police a abattu ? Peut-être que d'autres sont allés rendre l'âme dans les fourrés aux alentours. Au diable les droits de l'homme ! Une vieille femme se fraye un passage dans la foule pour venir offrir au-dessus du cadavre des œufs bouillis, de la figue-banane, du pain et du beurre d'arachide. J'ai envie de dégobiller. Je m'amollis dans un espace où une violence aveugle devient habituelle. Je me déplace vers un bas-côté pour déverser ce que j'ai dans l'estomac. Le grondement des réacteurs d'un avion d'American Airlines accompagne mon rendu. Max m'apporte une bouteille d'eau.

– Tiens ! Un peu d'eau fraîche sur ton visage te fera du bien.

– Qu'est-ce qu'on fait ? lui dis-je après avoir suivi son conseil.

Max serre ses poings de rage.

– Le problème, c'est que cette voiture, ma femme l'a achetée neuve, il y a tout juste six mois. Comment vais-je lui expliquer ce qui s'est passé ?

Une voiture neuve n'est plus à la portée d'un citoyen, même avec un bon salaire. Max doit concocter une solide explication, faire preuve de beaucoup de persuasion pour que sa femme lui pardonne cette perte. Il y aurait des traites à honorer pendant des mois encore.

– On va survivre, Carl, gronde Max. Les étrangers ne s'étonnent-ils pas de notre résilience ? On va leur botter le cul avec notre volonté de survivre. Pour continuer, allons voir mon ami inspecteur. Il va te plaire. Il a un nom bien de chez nous. Dieuswalwe Azémar ! Avec deux w dans son prénom. Il y tient particulièrement. Un personnage de roman !

***

Le bureau de l'inspecteur se trouve au fond du couloir d'un immeuble miteux qui abrite le commissariat principal de la ville. Un vieux policier aux sourcils gris et broussailleux, portant un uniforme à la limite de l'usure, lit un ancien numéro de *France Football*, revue qu'on ne trouve plus sur le marché. Comme Max va s'adresser à lui pour se faire annoncer, la porte s'ouvre sur un homme qui se dirige d'un pas rapide vers la sortie, dans l'attitude de quelqu'un qui ne veut pas être reconnu. C'est l'Américain qui m'a abordé avant que Max vienne me récupérer.

– L'inspecteur vous attend, dit laconiquement le vieux policier à Max dès que celui-ci se présente. Frappez et entrez.

Max fait comme on le lui dit. Nous pénétrons dans une pièce au désordre assumé. Des journaux, des livres éparpillés partout. Le parquet n'a pas connu un nettoyage depuis des lustres. Une odeur de pourriture vous prend à la gorge, mêlée à celle d'un mauvais alcool. Je n'aurais pas été surpris de voir un rat traînasser ici comme un habitué des lieux. L'inspecteur derrière son bureau ne daigne même pas se lever pour nous accueillir. Il nous désigne le seul fauteuil en face de lui.

– Tirez à la courte paille pour savoir qui y prendra place, grommelle-t-il. L'intendance ne juge pas nécessaire de m'en fournir un second.

Il porte des lunettes noires qu'il enlève après son entrée en matière. Il louche. Son strabisme me met mal à l'aise.

– C'est vous, Carl Vausier ! L'écrivain ! J'aime bien ce que vous écrivez. J'ai tous vos livres chez moi.

C'est un lieu commun de s'étonner de découvrir un gendarme qui aime la littérature. J'évite donc une remarque incongrue. Je me contente d'un correct remerciement.

– Merci à vous également, dit l'inspecteur avec un sourire. Vous avez la délicatesse de ne pas montrer votre surprise devant un gendarme qui lit.

Je ne sais quoi répondre. Il éclate de rire, prend une bouteille dans son tiroir et boit au goulot sans gêne aucune.

– Il reste encore du bon *soro* dans ce putain de pays. Vous aimez, monsieur l'écrivain ? Max ne vous l'avouera pas. Quand ses syndicalistes le font chier, il aime bien prendre quelques gorgées, histoire de s'encanailler.

Max se gratte la gorge, embarrassé.

– Inspecteur ! Mon ami a un problème à vous confier. Une menace d'un genre assez particulier.

– Si c'est particulier, c'est mon domaine. Les quelques rares de ma hiérarchie qui ont un peu de culture m'appellent Mulder. Vous avez dû certainement voir la série américaine *X-Files*. Je viens de recevoir un taré d'Américain venu me soumettre une énigme assez spéciale. Il se prétend écrivain. Deux écrivains en moins d'une heure ! Je suis comblé. Je vous écoute.

En peu de mots, je lui explique la raison de ma présence dans son bureau. Il remet ses lunettes noires, ce qui me facilite l'exposé des faits. Quand je termine, il manifeste peu d'intérêt pour ce que je viens de dire.

– Soit un fou, soit une tentative d'extorsion d'un genre nouveau, conclut-il.

– Une tentative d'extorsion ! je m'étonne. De quoi ? Un écrivain dans ce pays vit dans une sorte de pauvreté dorée.

Il sourit et se penche vers moi.

– Vos femmes doivent vous donner du fil à retordre, Carl Vausier. Elles doivent penser que vous êtes plein aux as.

Redevenu sérieux, il se renverse en arrière dans son fauteuil.

– Un trou de cul, ce pays. Tout se ramène au fric. On est prêt à tout, même vendre son âme. Les couples ne tiennent plus. C'est la bestialité officialisée. On n'était pas prêt pour le libéralisme, monsieur Vausier. Et on veut nous imposer pire comme valeurs prétendument civilisatrices de l'Occident.

Il boit encore au goulot, rote et s'essuie les lèvres d'un revers de main. J'ai envie de me lever pour partir. C'est lui l'un des meilleurs limiers de notre police !

– Comment dites-vous qu'il s'appelle, votre homme, le borgne fou ?

– Milcent !

Il se frappe le front du poing.

– Milcent ! Cela me revient maintenant. Il y a bien un Milcent dans l'une de vos nouvelles. Il a perdu un œil à la suite d'un kidnapping.

Je le corrige un peu.

– Sous couvert de kidnapping, il y avait du trafic d'organes pour cliniques interlopes et rituels sataniques.

– Ma fille adoptive l'a échappé belle, m'apprend le policier. L'école où je l'avais inscrite était gérée par une Église évangélique américaine qui adoptait des enfants dont certains disparaissaient.

– À l'époque, quand j'écrivais cette nouvelle, je ne connaissais pas de Milcent. C'est une pure coïncidence que cet énergumène porte le même prénom et soit devenu borgne dans des circonstances qu'on ignore.

– J'ai appris à me méfier des coïncidences, laisse tomber l'inspecteur. Votre nouvelle a un goût d'inachevé.

Il ricane.

– Votre personnage ne doit pas être fier de la situation que vous lui avez concoctée. Sa folie ! Sa mort !

Max intervient à ce moment. Je me sens las, fatigué, énervé par la fatuité du personnage en face de moi.

– Inspecteur ! Aidez mon ami. Il faut qu'il puisse revenir chez lui. À qui peut-il s'adresser dans ce pays où tout s'écroule ?

– Tout ne s'écroulera pas, Max, assure l'inspecteur. Monsieur Vausier, laissez votre adresse et votre numéro de téléphone. Je suppose que votre Milcent est connu de tous les habitants du quartier.

– Merci, inspecteur, jubile Max. Je savais que vous ne nous refuseriez pas votre aide.

– Je ne vous promets rien, nous prévient le policier.

Je lui donne ce qu'il demande. Nous quittons les lieux. Il ne fait pas chaud, mais mon ami Max est en sueur. Je le sens tendu, angoissé, désemparé. Son problème à lui n'est pas un œil qu'un énergumène lui réclame, mais une voiture, celle de sa femme, qu'on a réduite à l'état de carcasse. Les mains sur son crâne chauve, il gémit.

– Toi, l'écrivain, me supplie-t-il, invente-moi une histoire. Que dois-je raconter à ma femme ?

– Page blanche, Max, je me lamente… Page blanche.

***

J'ai appelé ma servante pour savoir s'il est prudent de passer chez moi récupérer quelques documents importants et de l'argent que j'ai dissimulé entre des pages de livres dans ma bibliothèque. Je réfléchis à l'option de quitter la capitale pour un temps et de me réfugier dans ma petite résidence construite sur les montagnes dans une localité entre Cayes-Jacmel et Marigot. Depuis un an quitter la capitale vers le sud est un calvaire. La nationale a été presque détruite par manque d'entretien. Des tonnes de boue et de pierres charriées par les averses se sont accumulées sur la voie. Des bandes armées contrôlent un tronçon de la route qui traverse le quartier jadis animé de Martissant. Le transport public est rançonné et les gangs procèdent à des rapts à n'importe quel moment. On est à moins de cinq kilomètres du centre de la capitale, mais la police a déserté les lieux. C'est la grande hypocrisie que les médias, toujours aux ordres, ne dénoncent jamais. Des jeunes, des enfants, ne disposant pas d'argent même pour s'acheter un plat de nourriture, tiennent en main des armes coûtant des milliers de dollars. Les riches paient des gangs pour contrôler de vastes territoires. On rend ainsi difficile l'expression de toute revendication populaire. On prépare ainsi une élection à faible participation truquée à tous les niveaux. La situation semble cependant leur échapper. Leur confort est de plus en plus menacé, leurs villas assiégées par les bidonvilles des miséreux fuyant la violence.

En attendant une réponse de ma servante, je rêve de mon petit paradis au sommet de la montagne. Une résidence modeste qui m'a coûté les yeux de la tête et dont j'avais voulu jouir avec mes deux filles, parties malheureusement à l'étranger. C'est mon monastère. Mon havre de paix. Par nuit claire, j'aime m'asseoir sur ma grande terrasse m'imaginant voguer dans le ciel étoilé, bercé par le chant des vagues de la mer, que j'entends de mes hauteurs, et les chuchotements de la rivière en contrebas tout juste en dessous du jardin derrière ma demeure. Je profite souvent de la mer, ce dont on n'a plus l'occasion à Port-au-Prince à cause de l'encerclement de la ville par les gangs. La rivière, j'évite. Depuis qu'on a déversé les déjections des soldats népalais des Nations unies dans les eaux de la plus importante rivière du pays, causant une épidémie de choléra qui a fait de loin plus de morts que la Covid des années plus tard, je ne m'approche plus des cours d'eau. Je suis traumatisé. Les Nations unies n'ont jamais formellement reconnu leur responsabilité. Au dernier moment, des excuses du bout des lèvres. Des Haïtiens, nègres de surcroît, qui passent à la trappe, cela n'intéresse pas les politiciens et les médias occidentaux. À leur décharge il faut admettre que nos dirigeants sont des rampants prêts à faire les quatre volontés de leurs maîtres.

Ma servante m'appelle pour me certifier que Milcent a disparu du quartier depuis l'incursion des bandits en sa compagnie. Le champ est libre, mais elle me conseille de ne pas muser une fois sur place. Quelqu'un peut avertir le borgne et ses amis de ma présence. Disparaître quelques jours serait certainement le choix le plus prudent.

Je hèle un taxi-moto. Je ne veux pas d'un de mes conducteurs habituels. On ne sait jamais. Tous ont de bonnes relations avec Milcent. Avec la glauque solidarité des laissés pour compte, qui a plus souvent à voir avec l'envie, la frustration et même la haine, faire confiance est un choix d'une grande hardiesse. Se payer les services d'un taxi-moto choisi au hasard a ses risques, mais permet de se fondre dans la foule, de ne pas être rapidement repérable. Avec une bonne casquette, des lunettes noires et un masque, on a la chance, même pour un écrivain trop connu, de passer inaperçu. Mon conducteur est un jeune homme au crâne rasé des deux côtés avec au milieu une touffe de cheveux colorés en rouge qui le fait ressembler à l'un de ces Indiens dans les films que je regardais du temps de mon enfance. Il va un peu trop vite. Je m'abstiens de lui ordonner de ralentir, ce que je fais toujours dans ce cas, car on arrive à destination. En m'accrochant à lui, je palpe quelque chose de métallique à sa ceinture. Au même moment, une voiture, une petite Honda noire, aborde trop vite elle aussi le virage. Le choc est brutal malgré les coups de frein des deux côtés. Je chute de la moto, mon épaule droite contre la chaussée. La douleur est terrible. J'arrive cependant à me relever, stupéfait d'être encore en vie, apparemment sans rien de cassé. L'homme au volant de la Honda sort du véhicule en hurlant : « Vous n'avez rien ? » Mal lui en a pris, car l'Indien qui me pilotait brandit un 9 mm et fait feu sans hésiter sur le conducteur. Un Blanc que j'ai la stupéfaction de reconnaître. James Calahan ! Trois détonations. Il est projeté contre le capot bosselé de son véhicule. Les gens qui avaient commencé à s'agglutiner sur le lieu de l'accident s'éparpillent telle une nuée d'oiseaux à l'approche d'un prédateur. Le tireur enfourche sa moto qui n'a que peu souffert du choc, à part le phare à l'avant brisé. Il met les gaz sans réclamer l'argent de la course. J'aurais dû m'empresser aussi de partir, car si une patrouille de police se pointe, je serai forcé de fournir des explications comme premier témoin. Je m'approche de Calahan affalé sur le capot. Il se relève lentement. Il tient sa poitrine et grimace de douleur.

– Montez dans la voiture, lui dis-je. Je vais vous emmener à l'hôpital. Vous n'êtes pas en état de conduire.

L'impact des balles sur sa chemise est visible, mais il n'y a pas de trace de sang.

– Il tire sacrément bien, le gosse, me répond Calahan. Je n'ai rien.

– Vous n'avez rien ! m'étonné-je.

– Vous ne croyez tout de même pas que je vais m'aventurer dans les rues de Port-au-Prince sans gilet pare-balles ?

Il fait quelques mouvements d'assouplissement.

– Si j'avais répliqué, je ne l'aurais pas raté. Vous devinez l'incident que cela aurait créé. Vos nationalistes seraient montés au créneau sur les réseaux sociaux. Un Américain, pour se défendre, abat un conducteur de taxi-moto en quête de son pain quotidien.

C'est lui qui m'invite maintenant à prendre place dans sa voiture.

– C'est la deuxième fois qu'on se rencontre en moins de vingt-quatre heures, monsieur Vausier. Ce n'est pas un hasard.

Je ne corrige pas son erreur. C'est la troisième fois.

– Allons chez moi quelques minutes, décide l'Américain. Je vous ramène après. Nous serons à notre aise pour discuter autour d'une bonne bouteille de whisky.

J'ai mal à l'épaule. Je fais la grimace.

– Rien de cassé de votre côté ? s'inquiète-t-il.

J'arrive à bouger le bras. C'est douloureux, mais je n'ai, apparemment, pas de fracture.

– Ça ira, je le rassure.

– Montez, m'ordonne-t-il presque.

Je prends place dans la voiture. L'Américain démarre. Au point où j'en suis, avec tous ces événements qui se bousculent, il vaut mieux se laisser porter par le courant. Il me déposera bien quelque part, comme me l'ont appris les pêcheurs de Cayes-Jacmel, tous des *dayiva* chevronnés. Sur un coin tranquille de la côte où il me serait révélé des choses cachées. Pendant que Calahan conduit, son téléphone sonne avec insistance. Il prend l'appel. Je lis de la contrariété et de l'anxiété sur son visage.

– Très bien, dit-il à son interlocuteur. J'arrive.

Il dépose le portable, puis se tourne vers moi.

– Vous allez venir avec moi. Comme écrivain, cela peut vous inspirer. Rien à voir avec l'énigme que nous n'arrivons pas encore à résoudre.

Sans attendre mon consentement, il presse l'accélérateur et, pendant quelques minutes, je me crois sur une piste de course. J'avais pensé à passer ma ceinture de sécurité, car deux fois j'aurais dû être projeté contre le pare-brise après une brusque manœuvre de l'Américain. Chaque fois, il se contente d'un « Excuse me » comme s'il n'avait pas mis ma vie en jeu. Nous parvenons dans un beau quartier à l'est de la ville non encore infecté par un gang. L'Américain s'arrête devant une grande barrière ornée de motifs franc-maçonniques où deux policiers sont en faction. Dès que Calahan s'identifie, la barrière coulisse. Il s'empresse d'entrer pour aller se garer au bas d'un perron pavé de mosaïques. Nous sommes devant l'une de ces villas qu'aiment se faire construire en terre natale les riches Haïtiens de notre diaspora. Une architecture fourre-tout où on retrouve des colonnes grecques jusqu'aux tracés des demeures victoriennes. Ces étranges constructions me donnent l'impression d'être des fanal grandeur nature. Calahan descend du véhicule et m'invite à le suivre. Un policier au grade d'inspecteur vient à sa rencontre.

– Merci d'être venu aussi vite, monsieur Calahan, dit-il.

– Où est-il ? demande l'Américain.

– À l'étage. Il s'est enfermé dans une chambre. Il a une arme. Il menace de se suicider si on ne le laisse pas partir.

Le policier essuie la sueur sur son visage. Il paraît désemparé.

– Les instructions sont formelles. On le garde au chaud ici jusqu'au retour du ministre demain.

– Menez-moi à lui, ordonne Calahan.

L'officier conduit l'Américain à l'étage. On longe un couloir aux murs ornés de tableaux de peintres haïtiens célèbres, de sculptures rares. Une vraie demeure de riche. Je ne dirais pas de gens de goût. Les riches achètent très cher des œuvres d'art juste pour faire semblant d'être cultivés ou pour exposer leur fortune. Certains artistes – ils ne sont plus nombreux –, même s'ils sont appâtés par l'argent, hésitent à vendre leurs œuvres à un quidam dont la seule qualité est le montant de son compte en banque. Nous sommes devant la porte de la chambre en question. Calahan frappe.

– Adriano. C'est James Calahan. Ouvre pour qu'on puisse se parler.

Une voix hurle à l'intérieur.

– Fils de pute ! Si vous ne me laissez pas partir, je me tire une balle dans le cul. Il m'a menti, Jean-Carl. Il est certainement avec un autre homme. C'est un infidèle.

Calahan respire profondément.

– Adriano, ne me fais-tu pas confiance ? Réponds.

J'entends un flot de sanglots. Pathétique !

– Je te fais confiance, mais pas à lui. Il a insisté pour que je vienne. Il a prétendu qu'il m'attendait. Quand j'arrive, non seulement il n'est pas là, mais il me fait séquestrer par ses sbires. Je vous avertis. J'ai de bonnes relations avec mon ambassadeur.

Calahan soupire. Il fait son possible pour garder son calme.

– Adriano ! C'est un voyage imprévu. Tu connais la situation de ce pays. On est à la veille peut-être d'une intervention étrangère. Le Premier ministre lui a confié une mission importante. Jean-Carl sera de retour demain avec un super cadeau pour toi.

On sanglote toujours à l'intérieur. Calahan se tourne vers moi.

– Pour vous expliquer rapidement, monsieur Vausier, Adriano est l'amant du ministre des Affaires étrangères. Adriano réside à Saint-Domingue et hier le ministre a eu la brusque envie de sauter son préféré. Il lui paie comme d'habitude le billet d'avion. Au dernier moment, il doit se rendre à Washington pour deux ou trois jours. Une escouade de policiers récupère le colis pour lui à l'aéroport avec comme instruction de l'amener ici et de le garder jusqu'à son retour. Malheur à ces policiers si ce beau petit cul s'échappe et retourne à Saint-Domingue ! Voyez la catastrophe si Adriano met sa menace à exécution. Ce serait un grave incident diplomatique surtout que l'ambassadeur dominicain ici se bat aussi pour avoir les faveurs d'Adriano.

On n'entend plus les sanglots à l'intérieur. Calahan, inquiet, tend l'oreille.

– Adriano ! Ouvre cette porte. Ne cause pas cette douleur à Jean-Carl.

Un silence. Puis encore un sanglot. Les pleurs ont cessé.

– Je veux un peu de détresse, James.

Calahan se tourne vers le policier.

– Vous avez entendu. Il veut un peu de détresse.

Le policier fait signe qu'il a compris.

– Il aura la quantité qu'il lui faut. Le ministre a dit qu'il paie tout à son retour.

Calahan pose sa main sur la poignée de la porte.

– C'est promis. Tu auras ta détresse. Mais ne sois pas dans les nuages quand Jean-Carl revient. Tu sais bien qu'il n'aime pas quand tu n'es pas concentré.

La porte s'ouvre. Un beau et jeune mulâtre, boucles aux oreilles, pantalon et chemise noirs moulants, se jette dans les bras de Calahan.

– Je n'en peux plus, pleurniche-t-il. Je n'en peux plus.

L'arme que le jeune homme tient en main, Calahan la lui prend. Mais les policiers les séparent brusquement et passent les menottes au Dominicain.

– Qu'est-ce que vous faites ? proteste l'Américain.

– Ordre du ministre, explique l'un des policiers qui viennent de nous rejoindre. Nous lui avons parlé au téléphone.

Adriano se débat, mordant et griffant.

– Quand le ministre reviendra, tout rentrera dans l'ordre, assure l'inspecteur, maintenant soulagé. Il sait comment s'y prendre avec lui.

– N'oubliez pas sa détresse, recommande Calahan.

Il est comme brusquement gêné avec moi.

– Je vous ramène. Je ne peux plus vous proposer de venir chez moi. Ce sera pour la prochaine fois.

***

– La détresse ! La nouvelle drogue qui a la faveur des bonnes bourses ! Savez-vous d'où elle vient ? je demande à Calahan une fois que nous sommes hors de la propriété.

Il conduit plus calmement. Je commence à me douter qu'il ment sur sa véritable identité. Il a des contacts importants dans le pays. Cela n'est pas facile pour un simple journaliste.

– J'ai appris que cette substance est apparue ici il y a tout juste quelques semaines. Elle est déjà demandée à l'étranger.

– Nom curieux. Je verrais mieux Paradis, Rêve ou même, pourquoi pas, Enfer ?

– Je suis de votre avis, dit Calahan en souriant.

Je sue malgré la climatisation de l'auto. La scène à laquelle je viens d'assister m'a choqué. Je ne suis pas encore vacciné contre toutes les aberrations produites dans mon pays.

– Des policiers mobilisés pour garder au chaud un beau cul destiné à un ministre des Affaires étrangères ! C'est un film d'horreur, Calahan. Pendant ce temps, dans des quartiers entiers, la population est prise en otage par des gangs. Pas de présence policière.

Calahan garde le silence. Je parle pour exorciser mon ras-le-bol.

– Mon ami Max m'a raconté l'histoire de deux filles, des sœurs, qu'on a traînées sur une place publique pour être exécutées. Les bandits ont forcé des enfants à assister à cette barbarie. Elles étaient accusées d'être des indicatrices. L'une de ces filles a été sauvée *in extremis*. Non par la police. Mais par un autre gang.

L'Américain semble ne prêter aucune attention à mes propos.

– Ce serait bien que vous écriviez un roman qui dénonce la complicité de votre gouvernement avec ces bandits qui nous dirigent, je lui lance.

– Mon gouvernement n'a pas passé l'ordre de mobiliser des policiers afin de mettre au chaud un charmant cul qui fait trop plaisir à un ministre, réplique-t-il.

Il marque un point. Je me tiens coi. Je lui indique la route qui mène chez moi. Arrivé à destination, avant de descendre, j'appelle Silfiz pour lui annoncer que je suis là. Elle apparaît sur le seuil de la porte.

– Votre roman a-t-il avancé ? je demande à Calahan.

– Je m'imprègne de l'air du temps, répond-il vaguement. C'est bien ce qu'on dit en bon français ? Et puis il faut que je résolve l'énigme des pages blanches.

J'ouvre la portière pour descendre. Je lâche la question qui me brûle les lèvres.

– Vous étiez avec l'inspecteur Dieuswalwe Azémar ce matin. C'est une de mes connaissances. Est-ce encore pour votre énigme ?

Il ne manifeste aucune surprise.

– Vous serez d'accord avec moi qu'un roman ayant votre pays comme décor serait incomplet sans la présence d'un tel personnage.

L'Américain démarre sans rien dire de plus. Après un rapide coup d'œil sur la rue, anormalement déserte à cette heure, je me dépêche de rentrer.

***

– Depuis que Milcent et les bandits sont venus après vous, les gens ont peur, monsieur Vausier, me dit Silfiz. Ils se barricadent chez eux une fois rentrés.

Elle lève les mains vers le ciel.

– Seuls Jésus et sa sainte mère Marie pourront nous délivrer. C'était donc vrai que Milcent est avec un gang. Il est si gentil. Toujours prêt à rendre service.

– Silfiz, du temps de la dictature, on connaissait des miliciens, hommes tout à fait respectables dans leur famille, leur quartier. On leur aurait donné le Bon Dieu sans confession. Mais une fois passée la frontière de leur environnement immédiat, ils étaient tortionnaires, violeurs, tueurs.

– Que Marie et son fils Jésus nous gardent, monsieur Vausier. Il y aura une grande procession dans les rues demain. Nous serons des milliers à implorer leur grâce pour le pays. Me donnerez-vous la journée ?

Je n'ai pas le cœur de lui refuser cela. Elle est si gentille, Silfiz. Ils seront certainement des dizaines de milliers de fidèles dans les rues. La police sera présente bien sagement pour accompagner la population. Il n'y aura pas de lancer de gaz lacrymogène ni de tirs à balles réelles. Pas de snipers à jouer à la roulette avec la tempe des citoyens. Pour ceux qui s'empiffrent dans les ministères, les douanes, dans les belles villas sur la montagne, c'est une bonne chose que le peuple rêve à Marie et au retour de Jésus. Ils leur foutent alors la paix, ces gueux tout juste bons à vendre leur sang et leur sueur afin de faire tourner la machine. On dit qu'avec l'âge on s'assagit, on devient plus conservateur. Je me retrouve plus extrémiste que dans ma vingtaine. Une bonne bombe dans le cul de ceux qui dirigent ce pays, c'est ce qu'il faudrait. Silfiz me gratifie d'un grand merci. C'est à peine si elle ne me saute pas de joie au cou.

– Faites vite, monsieur Vausier. Il ne faut pas s'attarder dans les parages. Ils peuvent revenir à n'importe quel moment.

J'ouvre la porte de la bibliothèque. Je m'arrête, surpris, sur le seuil. Quelqu'un est assis dans mon fauteuil, devant ma table de travail. Un téléphone à la main, il est tellement plongé dans la lecture de mes pages éparpillées sur le bureau qu'il ne s'aperçoit pas de mon intrusion. Par précaution, je recule silencieusement. Je referme la porte. Je vais trouver Silfiz.

– Il y a quelqu'un dans ma bibliothèque, Silfiz, lui dis-je.

Elle me regarde comme si j'hallucinais.

– Je ne laisserais jamais quelqu'un entrer ici en votre absence, à part votre ami Max.

– Allez voir, je lui ordonne.

Elle va ouvrir la porte de la bibliothèque, entre et revient. Elle me considère avec inquiétude.

– Vous êtes certain que vous allez bien ? Déjà que vos troubles de mémoire me font peur. Il n'y a personne.

– Allez faire votre travail, fais-je, après un soupir. Bonne procession pour demain.

Dès qu'elle s'éloigne, je reviens à la bibliothèque. Il est toujours là. Cette fois, ma surprise est plus grande. C'est moi que je vois. Je me lève. Je glisse le téléphone dans un tiroir de la table de travail. Je tiens un livre en main que je dépose, puis je disparais comme si j'étais une projection holographique. Je secoue vigoureusement la tête. Je viens d'être en proie à une sacrée hallucination. Les médecins m'avaient certifié que j'étais en parfaite santé et que mon cerveau avait encore de bonnes années de fonctionnement en perspective. Un frisson à l'échine, je m'approche de ma table de travail. J'ouvre le tiroir utilisé par mon alter ego. Pas de téléphone. Seulement des cahiers noircis de mon écriture. Sur la table, il y a un vade-mecum et le livre que le personnage, moi, tenait. Ce livre est le recueil dans lequel j'ai publié la nouvelle où se trouve Milcent. Je récupère les billets de banque dissimulés entre les pages de ma collection de Marcel Proust. Quand je sors de la bibliothèque, je tombe sur Max, le visage défait.

– Carl, il faut que tu viennes avec moi.

– Qu'est-ce qui t'arrive ? Veux-tu que je témoigne de ta bonne foi devant Éliane ? Ma parole n'aura aucune valeur. Elle me connaît comme ton fidèle ami.

Il secoue la tête.

– Je n'ai pas encore vu Éliane. La fille qui a accouché hier a été enlevée avec son bébé. Devant des dizaines de gens dans le camp. Ils n'ont pas levé le petit doigt pour la protéger.

Je ne parviens pas à croire ce qu'il vient de me dire.

– Ces charognards réclament cinquante mille dollars américains pour les libérer. Les gens du camp, pour se dédouaner, cotisent pour rassembler une somme de pacotille afin de négocier avec les ravisseurs.

– Cela n'a aucun sens. Que comptes-tu faire ?

– Je ne suis pas dans les syndicats pour rien. J'ai fait mener rapidement une enquête. Je crois savoir où sont ceux qui ont enlevé cette fille et son bébé.

Il soulève sa chemise et dégage une arme qu'il me tend. Un 9 mm réglementaire de la police nationale. Je veux savoir où il se l'est procurée. Il me répond de manière expéditive que c'est un prêt d'un ami policier.

– Tiens, insiste-t-il. Tu fais ce que je te dis sans discuter.

Je me souviens d'un épisode douloureux de ma vie où j'avais dû tuer pour récupérer un médaillon volé ayant appartenu à mon père. Il m'est impossible de refuser un service à Max. Sinon, qui m'aidera à corriger mes épreuves ?

***

Jusqu'où peuvent aller la détresse, la douleur ? Y aurait-il un instrument capable de mesurer leur intensité, leur impact sur le corps et l'esprit ? J'essaie parfois de vivre en moi la détresse des populations palestiniennes bombardées par les Israéliens dans l'indifférence générale, ces mêmes Juifs eux aussi dans le temps bombardés, fusillés, gazés dans les ghettos de Varsovie et dans les camps de la mort. J'essaie de penser aussi aux populations russophones canonnées par les nazis ukrainiens qui leur refusaient même l'usage de leur langue pendant que les dirigeants occidentaux et leur presse faisaient la sourde oreille jusqu'à ce que Poutine feigne de tomber dans le piège de ce déficit ignominieux d'humanité. J'imagine la détresse, le désespoir de cette adolescente qu'on a enlevée avec son nouveau-né. Qu'a-t-elle déjà vu et vécu avant et pendant ses neuf mois de grossesse dans une cité en proie aux pires violences ? Qui est le père de l'enfant ? Elle a pu être violée par un homme de loin plus âgé qu'elle, comme s'empresseraient de conclure certaines féministes claquemurées dans leur idéologie, alors que les filles de son âge sont aussi la proie dans ces quartiers misérables de meutes d'ados violents, affamés de sexe et carburant à l'alcool et à la drogue. C'est déjà une chance inouïe qu'elle ait survécu dans ces conditions. Dans ces ghettos, il n'y a pas de services étatiques, pas de services médicaux à part ceux fournis par des charlatans se prétendant « docteurs » ou par des sorciers, de faux francs-maçons offrant leurs « connaissances » contre paiement en espèces sonnantes et trébuchantes, parfois même en nature. La précarité extrême accouche de souffrance, de désespoir qu'on ne pourrait décrire et qui s'incrustent profondément dans votre chair et dans votre âme. Si la douleur de l'âme peut s'atténuer avec le temps, car elle n'est pas faite de la matière de ce monde, la chair, elle, garde indéfiniment les cicatrices de ces déchirures et, à n'importe quel moment, même des années après, la douleur revient à la charge. Elle peut vous projeter alors sur les rives de la folie.

Il ne saurait y avoir aucun lien entre mes tourments et mes afflictions et ceux de cette fille enlevée avec son enfant. Pourquoi vouloir toujours établir un lien entre ses propres peines et celles des autres ? Les douleurs ne sont jamais comparables, peut-être parce qu'elles ont des motifs, des terrains différents. C'est aussi à cause de la désinvolture de ceux qui gravitent autour des porteurs de souffrances, eux-mêmes englués dans leur douleur devant l'intensité supérieure et parfois extrême de celles des autres. Je me retrouve en cavale, poursuivi par un borgne fou qui a conduit des bandits jusqu'à mon domicile. Qu'espère-t-il donc ? Que j'aie un œil caché dans un coffre-fort, œil maintenu en état par un quelconque procédé magique ? Notre chaos se nourrit de folie. Nous en faisons une overdose sans le savoir.

– Faire partie des syndicats vous donne des relations utiles, m'explique Max. Je suis passé voir la famille de Shedline ce matin. C'est le nom de la jeune mère. Cette histoire m'a tellement touché que je me sens directement concerné.

Je suis étonné de le voir essuyer une larme sur sa joue. Je ne l'aurais jamais cru aussi sensible.

– Les filles comme elles vivent dans des conditions extrêmes, dans des ghettos, tandis que nos bourgeoises, qui sont des bienheureuses, nous font des scènes pour des stupidités.

Je lui mets une main sur l'épaule pour lui faire comprendre que je compatis à sa douleur.

– On a reconnu deux des bandits. Ils ne font pas vraiment partie d'un gang. Ce sont de jeunes ados qui commencent à jouer à la guerre. Un député ou un sénateur, à moins que ce ne soit un bourgeois qui pense ainsi sécuriser son commerce, leur a fourni des armes. Parfois, ils font un coup pour un gang ou pour quelqu'un du gouvernement. Leur espérance de vie compte moins d'années que les doigts d'une main.

– On va demander des comptes à ces jeunes bandits ?

– L'un d'eux est le père de l'enfant, selon ce que j'ai appris.

– L'un d'eux !

– Ils savent seulement que c'est l'un d'eux. Alors ils veulent la fille dans leur base, comme ils disent. L'enfant est à eux, clament-ils. Ce rapt est aussi un moyen de se faire de l'argent.

– Ne me dis pas qu'on va, à nous seuls, trouver ces bandits !

– Pourquoi pas ? lâche Max. Ils ne s'attendent pas à une réaction. Regarde comment cela a été facile pour eux de partir avec la fille et l'enfant dans un camp où se trouvent plus de trois cents personnes. Un membre du syndicat va nous conduire jusqu'à eux. Le plan est simple. Je feins d'apporter l'argent. On se montre poltrons et veules comme les citoyens…

– Ensuite…

– Au moment où ils s'y attendent le moins, on tire dans le tas et on se barre avec la fille et l'enfant.

– On tire dans le tas !

– Je ne te l'ai jamais dit, mais j'ai pris des cours. Je m'en suis tiré avec un score au-dessus de la moyenne. Ce n'est pas un gang, te dis-je. Cinq jeunots qui se prennent la tête. Ce sera l'occasion de tuer un gang dans l'œuf.

Je me demande s'il crâne ou s'il se prend au sérieux.

– Je suis sérieux, Carl.

Il doit lire dans mes pensées.

– J'ai juré de sauver cette fille depuis que je l'ai rencontrée lors d'une séance de formation à Cité-Soleil. Elle était déjà enceinte de six mois et elle m'a raconté, les larmes aux yeux, son histoire. Elle était violée continuellement par ces jeunes chez qui elle créchait pour sa sécurité parce que ses parents avaient été tués lors d'un précédent affrontement entre gangs. Elle avait faim et moi, comme dirigeant syndicaliste, je n'avais que l'argent pour me payer un taxi-moto afin de revenir chez moi. Je lui ai tout donné et je suis parti à pied. Trente minutes de marche dans une zone où je pouvais me faire abattre par un taré ayant consommé du mauvais alcool ou fumé trop d'herbe.

Il secoue la tête, l'air désolé.

– J'aide souvent les filles violentées. Il n'y a personne pour les protéger dans les ghettos. La seule porte de sortie pour elles est un travail dans une manufacture américaine où elles vont offrir leur santé pour un misérable pécule et se faire harponner sexuellement par des superviseurs qui ont tout des commandeurs sur une plantation d'esclaves.

Je comprends sa colère qui est aussi mienne depuis que j'ai commencé à découvrir l'envers de notre faux roman national.

– À propos, as-tu entendu parler d'une drogue qui s'appelle détresse ? je lui demande.

– On m'en a offert plusieurs fois à l'hôtel où je me réfugie parfois pour travailler en toute tranquillité.

– La détresse ! Cela me dit quelque chose. C'est dans ma tête, mais ça n'arrive pas à sortir.

– Encore tes troubles de mémoire. Après toutes ces histoires, prends de bonnes vacances. Pars avec la petite chienne de ta fille sous le bras. Oublie l'écriture quelques semaines. La page blanche ne sera qu'un mauvais souvenir.

Nous nous trouvons dans une vieille voiture conduite par Max. Nous longeons à allure modérée une avenue en terre battue. Des deux côtés de la route, les trottoirs et les caniveaux sont aménagés. Des tracteurs, des loaders couverts de poussière, comme abandonnés, laissent à penser que les travaux sur ce tronçon ont été arrêtés depuis quelque temps. Max tourne à droite sur un sentier bordé de canne à sucre. Au carrefour se tient un vendeur de ces noix de coco que la république voisine déverse chez nous depuis que nos cocotiers dépérissent, en proie à une peste inconnue. La voiture roule vers un lot de cases misérables. Max stationne devant une maison basse dont la toiture est en béton. Une affiche annonce un bureau de transfert d'argent par téléphone, et aussi la vente de numéros basés sur les résultats de diverses loteries des États-Unis d'Amérique. On descend du véhicule. Nous sommes rejoints immédiatement par un homme sans âge qui cache difficilement sa nervosité.

– Avez-vous l'argent ? nous demande-t-il.

Max montre la valise.

– Je veux voir la fille et son bébé. Je ne fais pas confiance à ces jeunes.

Il me met la main sur l'épaule pour me rassurer.

– Tu me suis, et tiens-toi prêt à toute éventualité.

L'homme, en claudiquant, nous conduit par un corridor puant l'urine entre quelques demeures jusqu'à une maison inachevée où on a tendu un immense prélart sur l'une des pièces. Un jeune homme au jean descendu presque aux genoux et exhibant ainsi un sous-vêtement multicolore fait nonchalamment le guet, fusil en bandoulière, fumant un joint. Les pupilles écarquillées, il est déjà dans les vapes. Il nous demande qui nous voulons voir. Max lui dit que nous apportons l'argent pour la fille et le bébé. Il pousse une porte et nous fait signe d'entrer sans même s'assurer que nous ne sommes pas armés. L'intérieur, une chambre miteuse, suinte la mort. Une fille est allongée sur le lit. Une bave sanguinolente déjà sèche sur les lèvres, elle semble sans vie. Une vieille femme berce un bébé qui pleure.

– Ce n'est pas notre faute, vient nous dire un autre jeune homme. On voulait juste la baiser un peu. Elle m'a craché au visage. On l'a battue. Elle est tombée. On a pensé qu'elle s'était évanouie, la garce. On l'a mise sur le lit. C'est alors qu'on s'est aperçus qu'elle était morte.

Celui qui a parlé est aussi un ado. Il porte une Kalachnikov en bandoulière, un joint entre les doigts. Deux autres qui l'accompagnent fument, eux aussi. Je ne m'attendais pas à ce que Max, en ce moment, garde ainsi son calme.

– Si la mère est morte, vous me remettez le bébé et moi la moitié de la rançon, dit mon ami.

– Pas question, riposte le jeune homme. C'est tout ou rien. Elle n'avait qu'à se tenir tranquille. Une pute ne prend pas des airs de grande dame.

Max lui tend la sacoche. Je ne sais comment son arme se retrouve dans sa main. Le jeune homme à la Kalachnikov est projeté en arrière par l'impact d'un projectile en pleine poitrine. Un autre tente de réagir. Max est plus rapide. J'ai le temps de mettre en joue le troisième petit malfrat. La main tremblante je presse deux fois la détente de mon arme. Le dernier bandit, dans sa chute, arrive à actionner la détente de son fusil automatique qui troue le prélart de toute part. C'est un miracle si l'arme cesse de vomir ses projectiles, le chargeur vide, sans nous atteindre. Mais la vieille femme s'était mise debout, le bébé sur le bras, un revolver sur la tempe de l'enfant.

– Jetez vos armes, sinon je brûle la cervelle du bébé.

Max n'est nullement ébranlé par cette nouvelle situation.

– C'est toi qui vas déposer ton arme. Veux-tu mourir pour cette enfant que tu ne connais pas ?

– C'est ma petite-fille, couine la femme. Je sais que c'est la fille de mon fils que vous venez de tuer.

Cela s'annonce mal.

– Max ! Faisons ce qu'elle demande. Il faut qu'on sauve le bébé.

Max ricane.

– Notre seule chance, c'est nos armes, Carl. On est dans la jungle, ici. Pas au pays des droits de l'homme.

– L'argent ! hurle la femme. Envoyez-moi la sacoche.

La sacoche est à terre. Max va se baisser pour la récupérer. Le claquement sec d'une détonation interrompt son mouvement. La femme reste une seconde debout, un trou sanguinolent au front, puis elle s'effondre sur elle-même en tenant toujours le bébé.

– J'arrive juste à temps, dit quelqu'un. Il m'a fallu me débarrasser en douceur du petit merdeux devant la porte.

C'est l'inspecteur Dieuswalwe Azémar. Il replace son arme dans l'étui sous son aisselle et va récupérer le bébé. Max et moi sommes pétrifiés. Nous venons de tuer. Le policier, le bébé sous un bras, se penche sur la mère dans le lit.

– Le corps est déjà froid.

– Dans son état, elle n'avait aucune chance de survivre, laisse tomber Max d'une voix lasse.

Je ferme les yeux. Respirer. Respirer profondément, même s'il faut faire entrer dans ses poumons la pestilence ambiante. Je ne dois pas vomir une seconde fois devant mon ami. L'honneur des écrivains est en jeu. Max prétend que, durant les luttes qu'il mène dans les syndicats, il a les deux pieds sur terre alors que moi je façonne des artifices avec des mots, même si je le fais assez bien pour élever la conscience de mes concitoyens.

– Vous avez fait du bon travail, déclare l'inspecteur. Ils ne sont pas responsables de ce qu'ils sont devenus mais c'est quand même de la racaille.

– Donnez-moi le bébé, dis-je au policier.

Il s'exécute. Max est en état d'hébétude. Je me retrouve plus ferme que lui. Le bébé est en effet une fille. Elle est bien joufflue pour avoir été conçue dans un univers aussi délabré, aussi misérable. Pas une pustule sur sa peau. Son regard a la limpidité de la pleine lune. Le bébé me sourit. C'est pour moi un choc. Je suis seul. Mes enfants sont à l'étranger. Ma compagne veut un enfant de moi, ce que je refuse obstinément. Elle est tombée enceinte une seule fois. Une saute d'humeur de son cycle hormonal. J'avais insisté pour qu'elle avorte. Cette fissure dans notre couple a du mal à se résorber.

– Comment êtes-vous arrivé jusqu'ici, inspecteur ? demande Max, qui reprend ses esprits.

– Je voulais rencontrer monsieur Vausier. Devant sa demeure, je vous ai vus partir dans un véhicule. Vous paraissiez tous les deux tendus, nerveux. Mon instinct de policier a fait le reste. Je vous ai pris en filature.

***

Nous sommes chez Max. Il va beaucoup mieux. L'inspecteur Azémar nous a suivis dans sa Datsun déglinguée qui, selon mon ami, fait de lui la risée de ses compagnons d'armes. « Le bébé doit avoir faim, dit Max. Je devais apporter à la mère de quoi nourrir l'enfant. Je vais lui préparer un biberon. Je ne crois pas avoir perdu la main. » L'enfant dort. Ses couches sont encore propres.

– Avez-vous à boire ? demande l'inspecteur.

– Seulement de la bière, lui lance Max. Servez-vous dans le réfrigérateur.

Le policier fait la grimace. Il préfère pour le moment ignorer l'offre de Max.

– Croyez-vous à la porosité de la frontière entre le réel et l'imaginaire ? m'interroge-t-il abruptement. Chez nous, des centaines de milliers d'esprits font en sorte de la trouer chaque jour. Dans mon travail, j'ai vu et entendu des choses dont les gens dits rationnels n'accepteront jamais… la réalité.

Il m'entraîne là sur un terrain glissant. J'ai souvent débattu avec des critiques, des amis intéressés par la littérature du concept de réalisme merveilleux.

– Dans un roman, un espace-temps figé bien particulier, chaque lecteur est dans la même histoire mais avec des ressentis différents, ce qui est bien sûr sans effet sur la trame. Nous construisons des récits dans lesquels souvent la frontière entre réel et imaginaire est floue. C'est un artifice esthétique. Une photographie de la réalité trafiquée non seulement par l'auteur, mais par les personnages eux-mêmes. Une fois les pages du roman fermées, on revient de plain-pied dans la réalité, la nôtre. Là, la frontière est bien close.

L'inspecteur se lève pour aller à contrecœur ouvrir la porte du réfrigérateur et prendre une bière.

– Une Bavaria à 12,5 % ! s'exclame-t-il. C'est moins que rien.

Il décapsule la bouteille et la vide d'un coup. Il la pose ensuite avec une tendre délicatesse sur la table.

– J'ai l'habitude de m'en tenir aux faits. Les théories, les préjugés, les explications scientifiques sont tous d'un lieu, d'un moment, d'une époque. J'ai planché un peu sur votre histoire avec Milcent. J'ai interrogé plusieurs personnes qui assurent le connaître. Il est apparu comme par hasard quelques mois après la sortie de votre recueil de nouvelles. Il n'existait pas auparavant.

– C'est un tour de force pour un personnage de ne pas exister auparavant, persiflé-je. De toute manière, tant que je ne l'ai pas créé en lui donnant tous ses attributs en une page, il n'existe pas.

Il me fixe droit dans les yeux avec l'évidente volonté de me sonder dans mes profondeurs.

– Je vous dis qu'il n'y a pas trace de son existence dans notre réalité avant votre livre.

Il doit se moquer de moi. L'alcool lui a fêlé le cerveau. Il veut s'assurer de ma réaction devant le début d'une théorie aussi absurde.

– Milcent est inexistant, monsieur Vausier. C'est vrai que beaucoup de nos citoyens, trop même, avec cet État failli, sont dépourvus de tout papier d'identité. Vous conviendrez avec moi que Milcent est un cas à part. Un seul document établit son identité. Votre nouvelle.

– Il meurt dans ma nouvelle, je hurle, hors de moi. Un chauffeur ivre lui passe dessus. Fin de l'histoire.

Dieuswalwe Azémar approche son visage si près de moi que je suis suffoqué par son haleine puant le mauvais alcool.

– Début de l'histoire, Carl Vausier ! Je suis gendarme, mais je m'y connais en littérature. J'écris mes mémoires.

Sa voix se casse.

– Je peux crever à n'importe quel moment dans ce putain de pays. Mes supérieurs hiérarchiques ne veulent pas de moi. Les gangs, soutenus par le gouvernement et les Américains, ont juré d'avoir ma peau. Mes mémoires, je les laisserai à ma fille. Elle saura quoi en faire.

– Que vous apprêtiez-vous à dire avant votre aveu de connaissance en littérature ?

Il essaie de me regarder droit dans les yeux. C'est ce que je devine. Son regard passe à travers moi, glauque, gênant. Il ne se fixe nulle part comme s'il cueillait des images d'autres mondes qui flottent en bulles autour de nous.

– Vous l'avez avoué une fois dans une entrevue consacrée à la nouvelle. Vous n'aimez pas ce texte que vous avez écrit. Comme vous vous étiez juré de ne pas imiter Dieu – c'est présomptueux de votre part – qui a noyé dans un déluge tous ses personnages sauf un, vous avez tenu à terminer votre création. Mais le chauffard percutant votre personnage est un choix expéditif pour en finir.

– C'est effectivement une solution expéditive, je concède. Quand on a un éditeur après vous et qu'on n'a plus d'idées, il faut quand même conclure.

Je vais prendre à mon tour une bière au réfrigérateur. Max tente de donner le biberon au bébé. Au début, l'enfant refuse le lait, puis lentement se met à boire.

– Et si le personnage avait décidé de vivre malgré vous ? S'il s'était échappé de votre trame, on peut comprendre qu'il vous en veuille.

Je reste sans voix. Là, il délire totalement. Il doit supporter son *soro*, mais pas une bière à 12,5 % d'alcool.

– Pourquoi avoir attendu tout ce temps pour s'en prendre à moi ? je rétorque, pour savoir jusqu'où il irait dans ses élucubrations.

– C'est difficile pour moi d'avoir une réponse. À vous d'examiner votre vie. On peut imaginer que le personnage a oublié une partie de son histoire. Un élément déclencheur a tout ramené à sa mémoire. Au plus profond de votre subconscient, vous avez trouvé peut-être le moyen de bien terminer ce récit.

Ce policier a une manière de faire s'agiter en vous des choses enfouies. S'il dit vrai, quel élément déclencheur est à l'origine de ce dérèglement en double chapitre ? Ma brusque panne d'inspiration ? L'épisode Milcent tentant de remonter à la surface de ma mémoire a-t-il été le grain de sable qui a bloqué mon processus de création ? Il y a eu une brusque accélération des événements dans mon quotidien depuis que le borgne, en proie à une excitation meurtrière, est venu frapper à ma porte. Tout va trop vite. Les événements se succèdent à un rythme où il est impossible pour moi de trouver un lien entre eux. L'inspecteur me tend la main.

– Je dois prendre congé de vous. J'espère vous avoir aidé avec mes considérations. Faites attention. Vous, écrivains, vous avez parfois une face obscure qui, dans certaines circonstances, cause des dérives imprévisibles. La suite revue et corrigée de votre histoire risque d'être dangereuse. Mais j'aime ce que vous écrivez. Perdre un écrivain de valeur serait une catastrophe.

Il nous salue avant de partir.

– As-tu compris quelque chose à tout ce qu'il vient de dire ? je demande à Max.

Ce dernier s'est endormi. Je lui prends l'enfant que je vais mettre au lit. Je comprends ce que doit vivre mon ami. Son angoisse et son anxiété sont à leur comble. Il n'a pas encore annoncé à Éliane la perte du véhicule. J'appelle Silfiz sur le téléphone de Max.

– Monsieur Vausier ! Je m'inquiétais. Comment allez-vous ?

– Pour l'instant, je suis en pleine forme. La procession s'est-elle bien déroulée ?

– C'était beau, monsieur Vausier. Beaucoup de gens ont vu le visage de Maman Marie dans le ciel. Elle nous souriait. Haïti sera bientôt délivré.

À quarante degrés à l'ombre, avec la fatigue, la soif, la faim, les chants répétitifs, les haut-parleurs réglés à volume maximal, les hallucinations, forcément, se mettent de la partie. La folie est notre quotidien. L'un de mes frères m'a raconté une fois l'histoire de ce sénateur, riche de ses prébendes, de ses trafics, qui se réveille encore ivre, son téléviseur allumé devant lui. Un évangéliste est en plein prêche. Le pasteur, à l'écran, pointe le doigt sur le téléspectateur en disant : « Toi ! C'est ta chance d'obtenir ce matin ta place au royaume de Dieu. Profites-en ! Oui ! Toi ! Je te parle. » Ce sénateur encore sous l'effet de l'alcool et peut-être aussi de la drogue est certain que le pasteur s'adresse à lui. Une étincelle d'humanité le frôle et il pense à se repentir. « Voici un numéro de téléphone, vocifère le pasteur. Appelle sans tarder et un ange passera récupérer ton chèque, ton offrande à Dieu. C'est le moment du repentir. Il n'y en aura peut-être pas d'autres. » La main tremblante, le sénateur compose le numéro et, dans les vingt minutes qui suivent, une belle créature toute de blanc vêtue vient récupérer un chèque de cinquante mille dollars américains. Mon frère m'a certifié, des semaines après, que le sénateur était toujours convaincu que le pasteur s'adressait à lui. Sa place au ciel était réservée. Ce qui a changé dans la vie du parlementaire, c'est qu'il se rend au temple chaque semaine. Il continue cependant, sans état d'âme, ses pratiques illicites au détriment de la population. Comme quoi, ce qui est au ciel est au ciel et ce qui est à la terre reste à la terre.

– Tu vas avoir du travail supplémentaire, j'annonce à ma servante. Payé, bien sûr.

Elle glousse de joie au téléphone.

– J'ai mon temps pour vous, monsieur Vausier. Ma fille va beaucoup mieux.

– Je suis content pour elle, Silfiz. Tu vas devoir prendre soin d'un bébé de trois jours à peine. C'est une fille. Tu auras tout ce qu'il te faudra.

Un silence à l'autre bout du fil. Je devine la question qu'elle n'ose pas me poser.

– Le bébé n'est pas de moi.

Je l'entends pousser un soupir. Je ne comprends pas pourquoi elle appréhende la possibilité que je sois le père.

– Je vous attends, monsieur Vausier. Le quartier est calme. Il y a un détachement de la police toujours présent. Je doute que Milcent et ses amis reviennent.

Max se réveille à ce moment-là. Il se tient le front.

– J'ai un mal de tête atroce, Carl. Elle est morte. J'ai tout fait pour qu'elle vive.

Des larmes glissent sur ses joues.

– Combien de morts devrons-nous compter pour que cette terre enfin vive ? Combien ?

Je m'assois près de lui. Je le serre contre moi. Dehors des sirènes de police. Au loin, encore des rafales d'armes automatiques. Notre lente dérive qui n'en finit pas.

***

La nuit approche à grands pas. Max me ramène. On convient pour l'instant que laisser l'enfant à Silfiz est la meilleure solution. Je rentre en tenant avec précaution le bébé dans les bras pendant que mon ami apporte le nécessaire pour lui dans une malle. En plein jour, je devine les commérages qui agiteraient le quartier. Silfiz m'arrache littéralement le bébé pour l'examiner sous toutes les coutures comme s'il s'agissait de sa propre fille.

– Je pense qu'elle est déjà entre de bonnes mains, dit Max, la voix cassée. Elle aura la chance d'avoir deux pères. Il est temps pour moi d'aller affronter Éliane. N'as-tu toujours pas une histoire à me concocter, Carl ?

– Tu n'as qu'à lui dire la vérité. Éliane a du cœur. Elle comprendra.

– Les femmes disent toujours vouloir entendre la vérité. C'est pourtant toujours pour notre malheur quand, cette vérité, nous la dévoilons.

Il part le dos voûté comme s'il avait, d'un coup, vieilli en quelques heures. Silfiz caresse tendrement le bébé.

– L'enfant a ce qu'il lui faut au moins pour une semaine, lui dis-je. Je vais prendre un bain et essayer de dormir. Veille à ce que les portes et les fenêtres soient bien fermées. Réveille-moi à la moindre alerte.

– Ne vous en faites pas, monsieur Vausier, chuchote Silfiz pour ne pas déranger le bébé. Reposez-vous. Vous le méritez bien.

***

J'introduis la clé avec précaution dans la serrure de la porte de la bibliothèque que j'ai juste entrouverte pour avoir une vue sur le bureau devant lequel j'ai vu travailler l'autre moi. Il n'y a personne. J'avais halluciné. Je reviens dans ma chambre. Je me laisse choir, fatigué, sur mon lit, oubliant le bain. Je fais tourner une composition de Miles Davis dont la trompette a la vertu de calmer mes angoisses de créateur. Je m'endors quelques minutes, vite réveillé par des notifications sonores insistantes sur mon portable. C'est Younta qui m'écrit sur WhatsApp. À cette heure, quand elle le fait, j'ai droit à un roman, qui reprend constamment les mêmes récriminations, les mêmes reproches.

– Où es-tu, Carl ? Pas un mot de toi. Encore avec l'une de tes femmes ?

Pour Younta, ma vie se résume en flirts permanents, en coucheries incessantes. Elle est d'une jalousie maladive. Ce qui me gêne chez elle, c'est qu'elle est capable de passer soudainement de la femme la plus affectueuse, la plus aimante qui soit à une femme pleine d'acrimonie, de frustrations et de colère. Quand on est chez elle, pas question d'ignorer un appel si le téléphone sonne. Or j'en refuse plein, surtout quand les numéros qui s'affichent sur l'écran me sont inconnus. Elle prétend connaître les gammes de ma voix et tend toujours l'oreille pour décoder mes conversations. Le moindre malaise chez moi est attribué au fait que je ne suis pas heureux en sa compagnie. J'ai eu la mauvaise idée de lui proposer de passer un test pour éliminer la possibilité qu'elle soit bipolaire. Cela a été la crise ultime. Comme je l'aime, je me contente de jouir de ce que j'appelle sa phase positive. Dès que la négative se manifeste, je m'empresse de mettre une distance de sécurité entre elle et moi. Je ne lis alors même pas au téléphone ses messages acides où elle me reproche tout ce que je lui aurais fait subir durant nos quatre années de vie commune. Je les efface sans les lire, car ils sont de nature à me perturber profondément. Ma relation avec Younta mérite peut-être que ce soit moi qui aille m'allonger sur le divan d'un psy.

– J'étais avec Max, chérie. Il y a eu des problèmes de sécurité dans mon quartier. J'ai dû me réfugier chez lui.

– Chez lui ! Pourquoi pas chez moi ? Qui me dit que tu n'étais pas chez une femme ?

Elle m'énerve vraiment, à la fin.

– Combien de fois dois-je te faire comprendre que je n'ai que toi ?

C'est malheureusement vrai. Elle m'envoie un cœur qui palpite.

– Si je pouvais te croire, je serais la femme la plus heureuse du monde. Tu es chez toi, j'espère ?

– Je suis chez moi, Younta. Je dois dormir. Je suis fatigué.

– Repose-toi. On se voit demain. Je te promets un massage dont tu te souviendras.

Elle ne met pas fin à la conversation.

– Carl !

– Younta !

– Dis. Me promets-tu un bébé ? Je m'en occuperai seule. Je ne t'empêcherai pas de t'isoler pour travailler. Je te le jure.

Je coupe prudemment la connexion internet. Je pourrai prétendre que la compagnie était responsable.

***

Un réveil heureux augure-t-il des pires calamités durant la journée ? J'ai passé une bonne nuit. Des rayons de soleil filtrent en jets puissants à travers les persiennes. Je vois de ma chambre une rue animée par la valse incessante des taxis-motos, les gens qui s'agglutinent autour de la marchande de pâtés frits, la jeune femme qui offre ses figues-bananes, ses œufs bouillis et ses petits pains au beurre d'arachide, et qui prend un malin plaisir à se faire draguer. Miss Milca a eu le temps d'emmener ses filles à l'école et frappe la barrière du vieux coquin. Ce dernier est-il de retour au pays ? On a bien pardonné à ce faux jeton de Bill Clinton qui a dirigé la plus puissante nation de la planète. Pourquoi pas à Miss Milca ?

Je prends mon bain, le cœur joyeux, en me disant que, probablement, je ne reverrai plus Milcent. Silfiz vient dans ma chambre pour me montrer le bébé tout frais, tout beau dans ses petits habits neufs achetés par Max. Il faut que j'appelle vite ce dernier pour prendre de ses nouvelles. Je félicite Silfiz pour la bonne mine du bébé. Elle descend au rez-de-chaussée avec l'enfant. Je termine de m'habiller. On frappe à la porte. Je tends l'oreille. Rien. Silfiz doit gérer. Je m'apprête à appeler Max au téléphone quand j'entends un hurlement.

– Carl ! Carl !

Mon sang ne fait qu'un tour. Je me dépêche de descendre pour trouver Younta tenant le bébé dans un bras. Elle est en larmes.

– C'est pour cela que tu as voulu que j'avorte l'année dernière ?

Elle est dans un tel état d'excitation que je crains le pire pour le bébé.

– Ce n'est pas ce que tu penses, Younta. Je vais t'expliquer.

– Tu vas m'expliquer quoi, sale menteur ? Quatre ans de ma vie et voilà ce que je récolte ? Tu loges l'enfant d'une autre, ton enfant, dans cette maison ?

– Ce n'est pas mon enfant, lui dis-je. Calme-toi pour qu'on puisse parler.

– Je ne vais pas me calmer, hurle-t-elle. Je ne veux pas me calmer.

Elle tend l'enfant tel un paquet de linge sale à Silfiz. Je respire de soulagement.

– Je ne vous ai pas trahie, mademoiselle Younta, tente de se justifier Silfiz. Entre femmes, nous sommes solidaires. Je ne pouvais qu'accepter de prendre soin de ce bébé que Monsieur Vausier me confiait.

Younta met ses mains à mon collet, son visage défiguré par la colère touchant presque le mien. Je sens la moutarde me monter au nez. J'aurais pu la frapper si j'avais un peu moins de maîtrise. Maintenant, nous les hommes devons subir sans réagir la violence des femmes.

– Avoue, Carl. Au moins, avoue enfin que tu entretiens une autre relation. C'est à cause d'elle que tu ne veux pas d'enfant de moi.

Je parviens à la repousser. Elle se laisse tomber dans un fauteuil. Son visage est ravagé par les larmes, ses cheveux défaits. Elle est devenue le spectacle du parfait désespoir.

– C'est un bébé que Max et moi avons sauvé.

– Ne me parle pas de Max, hurle-t-elle de nouveau. Un faux jeton comme toi ! Tu me le paieras, Carl.

Elle récupère son sac à main et se précipite vers la sortie. Elle ne pense pas à refaire son maquillage. Après son départ, je reste les bras ballants, ne sachant quoi faire. Younta ne m'a même pas laissé le temps de m'expliquer. Le bébé dans les bras de Silfiz pleure. L'esclandre l'a réveillé.

– Mademoiselle Younta reviendra, me dit Silfiz en guise de consolation. Elle est jalouse, impulsive, mais elle vous aime.

J'aime aussi Younta. Cependant, je ne me vois pas vivre le peu d'années qu'il me reste avec le fardeau d'un tel caractère.

***

Le lendemain, assez tôt, je m'enhardis jusqu'à me rendre dans un supermarché. Le frigo est vide. Je commence à réfléchir et à me comporter comme si Milcent ne constituait plus une menace. Avant de passer à la caisse, je muse entre les rayons pour profiter de la climatisation. Dehors, il fait chaud et humide. Je pense à appeler Max pour savoir comment il s'est débrouillé afin d'éviter les foudres de sa femme. Derrière moi, quelqu'un me dit de parler sans me retourner. Je reconnais la voix de l'inspecteur Azémar.

– Je ne suis pas après vous pour votre personnage. Vous arriverez bien sans moi à vous débarrasser de lui.

– Que voulez-vous alors ? lui dis-je en faisant mine d'examiner une bouteille de whisky dans le rayon des alcools.

– James Calahan. Un Américain. Vous le connaissez ?

S'il me pose la question, c'est qu'il a déjà la réponse.

– Il m'a abordé en deux occasions, dont l'une tout à fait particulière.

– Je sais. Le cul mis au chaud pour notre ministre des Affaires étrangères. Cela a fait les gorges chaudes au sein de notre police.

– Vous savez bien des choses !

– Ce ne serait pas trop original de vous répondre que mon métier est de tout savoir.

– Sauf que, d'après ce que m'a appris Max, on vous a mis aux oubliettes en attendant le moment propice de vous éjecter.

– Ce qui me donne le temps de réfléchir à certains faits assez préoccupants.

– Comme la présence de James Calahan.

– Il n'est pas à son premier voyage chez nous. Il est venu me voir en se présentant comme écrivain et journaliste. Il a le projet d'écrire un roman à partir d'un sujet fumeux. Un agent de la CIA envoyé en mission en Haïti. Mais l'enveloppe où se trouvent ses instructions ne contient que des pages blanches. Ses chefs à Langley lui confirment que c'est bien le contenu de l'enveloppe.

– Qu'en pensez-vous, inspecteur ?

– Ce n'est pas le sujet d'un roman, monsieur Vausier.

– Qu'est-ce que c'est ?

– James Calahan est bien un agent de la CIA en mission en Haïti. Ce qu'il nous pose comme énigme est sa propre expérience. Des pages blanches dans une enveloppe.

– Une erreur ?

– Ces gens-là ne commettent jamais d'erreur. Du moins, pas à ce stade d'une mission.

– Il n'a qu'à retourner chez son boss et exiger des explications.

– On lui a dit que c'est une piste.

– Votre théorie ?

– Je n'en ai pas encore. Mais quelle peut être la mission d'un agent de la CIA en Haïti dont les instructions se retrouvent être sept pages blanches dans une enveloppe ?

– Il m'a demandé de l'aider à résoudre cette énigme.

– Je vous conseillerais d'éviter ce personnage. Il est bien réel, lui. Il est autorisé à manipuler, torturer et tuer.

– Comment avez-vous su qu'il n'est pas ce qu'il prétend être ?

– J'ai rendu quelques services à des fonctionnaires importants de l'ambassade américaine. L'un d'eux m'a fait une petite indiscrétion.

Il me tapote le dos.

– S'il vous recontacte, mettez-moi au courant. Vous savez où me trouver. Mon bureau est grand ouvert. Les téléphones ne sont pas fiables, surtout le mien. Bonne journée. Mais avant… Une question… Avez-vous entendu parler de la détresse ?

Je ne vois aucune raison de lui mentir.

– La drogue ? Bien sûr. On m'en a même offert.

– Vous l'avez essayée ?

– Je ne consomme pas de drogue, inspecteur.

Il ricane derrière moi.

– Pour faire un coq à l'âne, pensez-vous vraiment que le petit ami de notre ministre se tirerait une balle dans le cul ?

Il éclate de rire, puis fait silence. Je me retourne. Je ne le vois nulle part. Un autre taxi-moto me ramène chez moi. Aucune menace dans les environs. Deux jeunes débarquent les bagages du vieux coquin. Je pensais qu'il était au pays parce que j'avais vu Miss Milca entrer chez lui. Justement, elle revient du temple avec ses deux filles. Elle salue avec un respect obséquieux le vieil homme avant de continuer son chemin. L'hypocrisie sociale atteint les sommets quand l'infortune étend ses ailes sans rien pour la contrecarrer.

Je suis à peine revenu que je reçois un appel de Max. Il me donne rendez-vous dans un grand hôtel de la ville dans un quartier relativement sécurisé, qu'on appelle par dérision Manhattan en raison de trois immeubles élevés. La qualité de dirigeant syndicaliste de Max lui ouvre quelques portes et lui permet parfois de consommer à des prix que son portefeuille de simple professeur ne pourrait honorer. Par-dessus tout, il jouit d'un respect appréciable dans un pays où l'on ne voue que mépris aux politiciens et même aux dirigeants syndicalistes qui, trop souvent, profitent de leur position pour marchander avec gouvernement et patrons. Max s'est installé au bord de la piscine, une bière à la main. Ce n'est pas dans son habitude de se mettre à cette place. Il n'y a aucune merveilleuse sirène dans l'eau à reluquer. Il a la tranquillité, la sérénité de celui qui a baissé les bras et qui n'attend plus rien de la tournure que prendront les événements.

– J'ai vu tant de morts, dit-il. Mais celle de Shedline m'a ravagé. Cette enfant qui grandira sans sa mère !

– Nous sommes là, je lui rappelle.

Un silence. J'attends qu'il parle.

– Quand j'ai expliqué à Éliane ce qui est arrivé à sa voiture, elle a gardé le silence. Sauf que j'ai découvert aujourd'hui qu'elle a vidé nos deux comptes en banque. Elle a confisqué mes trois cartes de crédit. Même une enveloppe avec un peu de devises américaines que j'avais dissimulée derrière des livres de ma bibliothèque n'a pas échappé à sa fureur. Elle prend l'avion cet après-midi pour Miami. Elle me donne trois jours pour que je la rejoigne. Elle m'enverra de Floride un billet simple. Elle veut que nous recommencions notre vie là-bas, loin de ce désastre. Sinon, tout est fini entre nous.

– J'ai un peu d'argent pour toi en attendant, lui dis-je.

– Nous avons un enfant à charge, me fait-il remarquer avec un sourire forcé.

– Ta décision ?

– Avec mon fils déjà en Floride, je vais devoir laisser passer l'orage. De toute manière, ici, la lutte piétine. Même les patrons perdent le contrôle. Ce sont les gangs, alliés au gouvernement, aux hommes d'affaires véreux et aux Américains et à leurs valets de la communauté internationale qui font la loi. La situation devra forcément évoluer. Le blocage à la frontière fait que les Dominicains perdent des millions de dollars chaque jour. Quand on pense avoir tout gagné, on presse trop sur l'accélérateur. C'est là que survient la rupture, l'accident social. Je pars, mais je reviendrai assez vite. Arriveras-tu à te débrouiller avec le bébé ?

– J'ai Silfiz. Tu as pu vérifier comment elle aime déjà cette enfant.

– Combien peux-tu me prêter ?

Je compte cinq cents dollars américains que je lui remets.

– Surtout, fais attention à toi, mon ami, me conseille-t-il. Ne crois pas que ce Milcent a disparu. Il attend la bonne occasion pour se manifester. Dès que ton prochain manuscrit est prêt, envoie-le-moi pour relecture et correction. Ta panne d'inspiration ne durera pas. Parle de ce que nous vivons. Parle de ces petites gens qu'on ignore et qu'on méprise. Parle de ces ripailleurs qui ne se déplacent qu'en véhicule blindé. Parle de notre souffrance, de notre abandon, de notre impuissance, de notre rage aussi qui explosera forcément un jour. Ne fais pas comme certains qui écrivent pour les étrangers et qui ne pensent qu'à gagner un prix littéraire pour se frapper la poitrine et clamer bien fort qu'ils sont les seuls vrais écrivains. L'écriture n'est pas dans l'apparat.

Je le regarde partir. Parfois, il n'y a plus de mots pour décrire les douleurs d'une déchirure, d'une séparation, d'un temps qui bascule à notre insu, d'une vague qui se fracasse sur un corps nu déjà livré au désespoir. L'eau bleue, trop bleue de la piscine me fait comme un pied de nez avec ses fragrances chimiques. Au-delà du mur de l'hôtel, à moins de dix mètres, la détresse démontre son intelligence à garder la flamme de la vie. Il ne reste parfois plus que les corps et les âmes à vendre et on ne s'en prive pas. Pour un plat chaud quand le ventre crie famine, pour un téléphone portable, une séance de soins de beauté, pour s'agrafer à la tête une fausse chevelure importée d'Inde, du Vietnam ou de la Chine. Pour un emploi hypothétique. Le combat de Max s'arrête-t-il là ? Va-t-il abandonner comme moi je m'apprête à le faire à cause d'une panne d'inspiration ? Je quitte l'hôtel, le pas lourd, mal assuré. L'agent de sécurité m'ouvre la porte de sortie. Je me retrouve dans la rue encombrée. Je me fraie un passage sur le trottoir entre les vendeurs de téléphones, de matériel électronique *made in China*, de fritures et de friandises diverses. Je m'avance jusqu'au carrefour où je devrai négocier une course avec un taxi-moto. Je reçois une bourrade dans le dos au moment même où la portière d'une jeep s'ouvre devant moi. Je veux résister à la soudaine étreinte de quatre bras. Un coup de crosse à l'épaule me coupe le souffle. Je vais m'affaisser sur un siège arrière déchiré qui sent le vomi. On me passe une cagoule de force pendant que le véhicule part à toute allure.

***

Malgré la cagoule, deux mains rudes me forcent à garder la tête baissée comme si on craignait que je n'aie la faculté de voir à travers le tissu qui a déjà servi à je ne sais quoi, car je suis en plus incommodé par l'odeur d'huile de moteur qu'il dégage. Une main me dépouille de mon téléphone. On me laisse ma bourse. Nous roulons une dizaine de minutes avant de prendre un chemin cahoteux où les amortisseurs du véhicule sont mis à rude épreuve. La jeep tombe dans une ornière, ce qui oblige le conducteur à enclencher les quatre roues motrices et à entamer une marche arrière tandis que mes ravisseurs pestent contre sa maladresse. On doit être arrivés à destination, car le véhicule s'arrête. Sans ménagement, on m'oblige à descendre. On me fait comprendre qu'à la moindre tentative de ma part, je serai abattu. Je suis soulagé de ma cagoule dans une pièce à peine éclairée par une fenêtre aux barreaux épais. Mes yeux s'habituent vite à la pénombre. Je distingue une vingtaine d'hommes et de femmes aux allures fantomatiques. On dirait des zombis. Ils sont maigres, leurs vêtements sales, parfois déchirés. Les ravisseurs ferment la porte à double tour.

Les otages me regardent qui avec intérêt, qui avec indifférence, qui avec tristesse. Personne ne m'adresse la parole. Un groupe de détenus – je suis bien obligé de les appeler ainsi – récite interminablement le « Je vous salue Marie » tandis que deux autres, à la fin de l'invocation, lancent chaque fois par dérision un sonore *Ayibobo*. Quelqu'un s'approche de moi, un mulâtre au crâne chauve, pour me dire que nous allons tous mourir. « Personne ne paiera à Racine Carrée un sou pour moi. Il a choisi le pire membre de la famille. Croyez-vous qu'il va dépenser de l'argent pour nous nourrir ? Nous sommes de la nourriture pour les porcs du voisinage de la fosse commune. » Ainsi j'étais l'otage du chef de gang de plus impitoyable du pays ! Une femme, recroquevillée dans un coin de la pièce, elle a du sang sur les jambes, crie au mulâtre de se taire, car tôt ou tard, le feu du ciel s'abattra sur la ville et sur ces mécréants qui sèment le deuil dans la cité. Il y a tant de personnes agglutinées dans cette pièce que le moindre mouvement est difficile. Il faut se battre pour se garder un espace, debout ou assis. Il y a un réduit avec un w-c et un lavabo. L'eau tombe parfois du robinet. Les w-c sont pleins. On l'utilise ainsi. On fait ses besoins en prenant pied sur le rebord de la cuvette. La puanteur est à peine supportable. Combien de temps je reste debout avant que la porte ne s'ouvre et que trois jeunes hommes, presque des ados, portant tous des armes lourdes, viennent se saisir de moi pour m'emmener dans une pièce voisine ? Ils m'ordonnent de me mettre contre le mur. Je ferme les yeux, croyant qu'ils vont m'exécuter. Ils exigent que je les rouvre. C'est une séance de photo. Ils prennent ma bourse que leurs camarades m'avaient laissée pour examiner mes papiers. Aucun d'eux ne s'aperçoit qu'ils détiennent l'un des écrivains les plus connus du pays. C'est une bonne chose, car ici la notoriété dans l'esprit des gens est toujours liée à la richesse. Combien de femmes ai-je dû écarter de mon chemin parce qu'elles me croyaient plein aux as ? Les bandits me ramènent. Les captifs dévots prient toujours Marie et leurs compagnons, moqueurs, jamais fatigués, lancent encore leur *Ayibobo*. Personne ne leur demande de se taire. De la fenêtre aux épais barreaux nous parvient le charivari du ghetto. Parfois, je crois percevoir un lointain chant de mer et les grondements d'un orage au-dessus du lac, bien au-delà de cette ville condamnée.

Les bandits font sortir quelques otages le jour suivant. Cinq ! Je ne sais s'ils sont libérés ou exécutés. Les rafales d'armes automatiques que nous entendons une trentaine de minutes plus tard nous font frémir. Nos geôliers se saisissent d'une femme puis la ramènent, hagarde, comme dépouillée de son bon ange. Nous comprenons qu'elle a servi à assouvir leur désir bestial de sexe. Deux filles sont revenues avec des traces de piqûres au bras. Les troufions les ont droguées afin que leur corps puisse être disponible à tous leurs caprices.

J'ai faim. Cela fait deux jours que je n'ai rien mangé. Trois des captifs sont étendus sans connaissance sur le sol. Si on ne fait rien, nous risquons tous de trépasser d'inanition. La soif est pire que la faim. Quand le robinet du lavabo laisse couler un peu d'eau, c'est une lutte près de la puanteur des w-c pleins pour que chacun de nous puisse prendre quelques gouttes du précieux liquide au risque d'attraper une diarrhée. Les lèvres me brûlent. Ma langue adhère à mon palais. J'ai des éblouissements. Je peine à garder l'équilibre. Je veux aller frapper à la porte. On m'en dissuade. Une fois, les bandits, excédés, ont ouvert et tiré une rafale dans le tas. Sept captifs sont morts. On a enlevé les corps quatre jours plus tard. Le summum de l'horreur.

Les otages sont-ils tenus au courant des négociations concernant les sommes demandées pour leur libération ? Je ne sais pas à qui mes ravisseurs vont s'adresser pour recevoir le moindre sou. Je ne veux surtout pas que ma mère soit au courant de mon rapt. Cela peut avoir raison de son cœur en mauvais état. Ayant l'habitude de m'isoler quelques jours pour travailler, je prie pour que cette mauvaise aventure se termine sans qu'elle l'apprenne. Il faut compter avec l'intuition des femmes. Elles savent « sentir » quand leur progéniture se trouve dans une situation périlleuse.

Le grincement de la clé dans la serrure inquiète les captifs. La porte s'ouvre. Un des soldats crie mon nom et m'ordonne d'avancer. J'obéis. On me ligote les mains avant de me conduire dans une salle qui a l'air d'un restaurant. Je vois un comptoir et des étagères bien pourvues en boissons. Un serveur en livrée lustre des verres alignés le long du bar et les place sur des tables couvertes de nappes blanches immaculées. Des fleurs naturelles dans des pots parfument la salle. On traîne une chaise vers moi sur laquelle on m'attache après avoir défait mes premiers liens. Je sens le sol se fissurer sous mes pieds quand je vois avancer Milcent, le visage éclairé d'un sourire satisfait. Il s'assied en face de moi.

– De la bière pour l'assistance, lance-t-il au serveur. C'est ma tournée.

Le serveur s'empresse d'apporter les bières. Les trois bandits qui m'ont amené s'installent pour suivre la scène, une expression cruelle sur leur visage. Le borgne décapsule sa bouteille avec les dents.

– C'est mauvais pour l'émail, lui fais-je remarquer.

Je reçois un jet de salive au visage. Mes pieds étant libres, je veux lui décocher un coup. L'un des gredins me sert un coup de crosse à la jambe. Cela me fait si mal que je hurle. S'il ne m'a pas fracturé, ce sera une chance. Personne ne pourra me rebouter si je reviens dans la geôle.

– Alors, l'écrivain ! Tu ne t'attendais pas à ce que je me souvienne, persifle Milcent. Ce chauffard ivre qui m'écrase ! C'est pitoyable. Ce n'est pas digne de toi. Avoue que tu as eu honte de cette conclusion et j'aurai un peu pitié de toi.

La thèse de l'inspecteur Azémar se révèle-t-elle juste ? Je refuse de souscrire à une telle hypothèse. Milcent est fou. Il a toujours refusé de raconter les circonstances dans lesquelles il a perdu son œil. Il est tombé par hasard sur la nouvelle dans mon recueil. Il s'est créé un lien avec mon personnage qui a été facilité par leur indéniable proximité. Mais comment un personnage aussi fruste que Milcent peut-il s'intéresser à des nouvelles ? Je me fustige pour cette pensée teintée de préjugés. J'ai rencontré durant ma carrière de grands lecteurs dont rien ne laissait préjuger qu'ils accordaient de l'importance à la littérature. Ce policier alcoolique, l'inspecteur Dieuswalwe Azémar, en était la preuve.

– Je n'ai rien à voir avec la perte de ton œil, Milcent. Si c'est de l'argent que tu veux, fais-moi libérer. Il n'y a que moi qui puisse te procurer ce dont tu as besoin.

– Sais-tu ce dont j'ai besoin ? hurle Milcent.

Il brandit un coutelas qu'il gardait à la ceinture, caché sous sa chemise.

– Œil pour œil, dent pour dent. C'est ton œil qu'il me faut. Je vais t'égorger, et ensuite te l'extraire. J'ai un cousin médecin qui m'a expliqué comment procéder.

Il est fou à lier et je suis livré à lui. Je ne vois pas comment sortir de cette situation.

– Que feras-tu de mon œil, Milcent ? Un rituel satanique ? Tu ne sais pas ce que j'ai dans ma *djakout*. Les esprits de ma famille te réclameront ce que tu ne pourras pas donner. Ce sera fini pour toi.

Il ricane.

– Tu crânes pour sauver ta peau. Tu n'as que des mots, des phrases pour créer des personnages et ensuite les faire souffrir et mourir. Tu te prends pour Dieu ! Dieu va se faire trancher la gorge.

À ce moment, un homme entre, entouré d'une demi-douzaine de soldats armés. Il porte un short blanc, un gilet multicolore couvrant à peine un torse ruisselant de colliers et de médaillons en or dont certains avec des motifs vaudous. Il a des bracelets aux poignets et des bagues aux doigts, des boucles en forme de papillons à ses oreilles. Il chausse deux marques de tennis de couleurs différentes. Un rouge et un mauve. Je reconnais le puissant chef de gang Racine Carrée. On lui a attribué ce sobriquet parce que la somme de ses victimes équivaut toujours, selon les rumeurs, à la racine carrée du nombre de ses adversaires ou des personnes s'étant trouvées sur son chemin quand il ne le fallait pas. Il était, selon ses propres dires, très fier de ce surnom qui lui donnait une sorte d'aura de connaissances, alors que les autres chefs de gangs étaient, eux, affublés de surnoms burlesques. Lui, contrairement à ses hommes, ne porte comme toute arme qu'un Colt Magnum à la ceinture. Racine Carrée se veut aussi musicien. Il a publié sur les réseaux sociaux plusieurs clips vidéo qui ont glané une énorme quantité de vues, ce qui en dit long sur l'état de délabrement de notre société.

– Qui est-ce, ce type ? demande-t-il en me voyant.

Milcent s'est mis au garde-à-vous. L'un des sbires vient montrer ma carte d'identité à Racine Carrée. Ce dernier enlève ses lunettes noires pour examiner le document.

– Carl Vausier… Le nom ne m'est pas inconnu.

Il rend la carte.

– Qu'est-ce qu'il fait ici ? J'ai ordonné qu'on n'amène personne chez moi sans mon autorisation.

– Ce n'est pas un kidnapping, général, explique Milcent. C'est lui qui a pris mon œil. Permettez qu'il paie pour ce crime.

Racine Carrée hausse les épaules.

– Qu'il paie donc pour ton œil. Mais encore une fois, pas de rapt sans que je sois mis au courant. Les Blancs sont des traîtres. On risque de tomber sur un os.

Il se dirige vers le bar et commande un verre de whisky. Milcent revient vers moi. Il passe la lame de son coutelas autour de mon œil avec une jouissance évidente partagée par ses amis bandits qui suivent la scène.

– Je ne suis pas pressé, écrivain. J'ai tout mon temps. Je ne vais pas, comme tu l'as fait, me précipiter sur la fin l'histoire. On va augmenter la tension peu à peu. Qu'en penses-tu ?

Racine Carrée sirote son whisky en nous regardant. Il s'impatiente.

– Qu'on en finisse avec cette affaire d'œil. Je vais recevoir des Blancs importants. Il ne faudrait pas qu'ils nous considèrent comme des sauvages. Pas de sang sur les nappes.

– Je vais en finir, chef, susurre Milcent.

Le couteau du borgne se fait menaçant. Mais Milcent veut gagner encore quelques secondes. Je me rappelle avoir regardé deux ou trois minutes d'un clip vidéo de Racine Carrée qui tient à passer pour un grand rappeur. Un ami me l'avait envoyé via WhatsApp.

– Racine Carrée, je hurle pour qu'il puisse m'entendre. J'ai bien aimé ton clip vidéo, mais il y a quelques erreurs.

Le chef de gang dépose son verre.

– Repos, Milcent ! Repos, j'ai dit !

Milcent arrête son geste fatidique. La rage déforme son visage, mais il sait qu'on ne désobéit pas à Racine Carrée.

– Un peu de détresse ! réclame le chef de gang

On lui apporte la drogue qu'il étale sur la pointe d'une lame de couteau. Il sniffe le tout avec une paille. Son visage reflète une profonde béatitude.

– Qui es-tu pour opiner ainsi sur mon clip ? me demande-t-il.

– Je suis écrivain. J'ai écrit des scénarios pour des films et des séries à la télévision. Tu peux vérifier sur Google.

Il prend son téléphone.

– Carl Vausier ! C'est bien cela ?

– Oui, je m'empresse de répondre, entrevoyant une lueur d'espoir.

Il consulte son iPhone dernier modèle, puis hoche la tête, l'air intéressé.

– Qu'ai-je raté, dans mon clip vidéo ?

Comment être en plus mauvaise situation quand le borgne s'apprête à me trancher la gorge ? Gagner du temps est ma seule chance. Rien n'est acquis. Ces bandits détestent tout ce qui a à voir avec la culture. Un intellectuel, un écrivain ou un poète, à leurs yeux, vaut moins que rien.

– Dans le clip, tu portes une cagoule, je lui lance.

Ses gardes du corps éclatent de rire.

– Et alors ? riposte Racine Carrée. Je porte souvent une cagoule.

– Pour le clip, un masque aurait été plus approprié. Un maquillage bien pensé ! Il faut faire la différence entre le chef et le grand artiste que tu es.

Il semble réfléchir un instant. Il veut un autre verre de whisky.

– Ne l'écoute pas, lui conseille l'un de ses lieutenants. Il veut sauver sa peau.

Les autres rient de nouveau.

– Taisez-vous, vocifère Racine Carrée. Silence !

Tout le monde se tait. Le chef de gang me regarde avec attention.

– Ton visage ne m'est pas inconnu, en effet. Carl Vausier ! L'écrivain !

Il se tourne vers ses hommes.

– Vous n'avez pas l'instruction de votre chef. Ce n'est pas par hasard que je suis un grand artiste, comme vient de le reconnaître l'écrivain.

Tous ses lieutenants acquiescent.

– Tu es un grand artiste, général.

– Ton clip est sur tous les réseaux, général.

– Plus d'un million de followers, général.

Racine Carrée se frappe la poitrine.

– Un million de followers ! Alors, qu'a-t-il, mon clip ? Que peut-il avoir de plus ?

Je dois mettre le paquet pour gagner une chance de m'en sortir.

– Pour que ton nom reste à l'avenir comme un grand musicien qui a marqué son temps, à l'image de Bob Marley ou de Michael Jackson, il faut plus d'imagination, plus d'audace dans tes chansons et dans tes clips. Imagine-toi avec un masque ou un maquillage où tu représentes un bourgeois, un banquier ou un oligarque.

Le mot oligarque est très à la mode depuis l'assassinat de l'ancien président. On ne parle que des oligarques qui auraient paraît-il planifié son meurtre. L'ancien président avait prétendu faire la guerre à ces dits oligarques et Racine Carrée avait affirmé dans l'une de ses nombreuses entrevues qu'il avait reçu de lui une centaine de fusils d'assaut pour protéger le pouvoir contre eux. Racine Carrée se frappe le front du poing.

– Merde ! J'aurais dû y penser. C'est une bonne idée.

Il faut que j'aille plus loin. Je vois les doigts de Milcent s'impatienter sur le manche du couteau.

– Les textes aussi. On a l'impression que Racine Carrée a peur.

Il paraît étonné, choqué même.

– Peur de qui ? Moi !

Il se tourne vers ses lieutenants.

– Ai-je peur de quelqu'un ?

L'un de ses acolytes joue au malin.

– Oui. De toi, général !

C'est l'hilarité générale. Sauf Milcent qui rage sur place, pressé de passer à l'acte. Racine Carrée vient se pencher vers moi.

– Des textes pour faire la révolution, je me dépêche de lui proposer. Pour réveiller les consciences. Pour que le peuple affamé, opprimé, incendie les banques, mette les oligarques sur le bûcher et donne le pouvoir au peuple du ghetto.

Je force ridiculement la dose. N'est-ce pas là notre principal atout, comme le prétendent les étrangers ? Notre ingéniosité à survivre. Je joue mes dernières cartes. Racine Carrée paraît enchanté de mes propositions.

– Tu en as dans la tête, écrivain ! s'exclame-t-il.

Milcent n'est plus en mesure de contenir son impatience.

– Général ! Laissez-moi lui prendre l'œil. Je veux son œil.

La réaction de Racine Carrée est si rapide qu'elle surprend ses lieutenants. Son Colt se retrouve dans sa main. Le crâne de Milcent explose sous l'impact d'une balle. Le corps dans sa chute brise une table.

– On est en pleine discussion artistique et il me parle d'œil à prendre, se désole Racine Carrée. Ce pays est descendu trop bas.

Il replace son arme à sa ceinture.

– Nettoyez-moi vite cette saleté.

Il consulte sa montre.

– Les Blancs seront là dans dix minutes. Elles sont toujours à l'heure, ces peaux à l'envers. Emmenez l'écrivain dans une bonne chambre et veillez à ce qu'il ait à boire et à manger. Si vous le laissez s'échapper, je bois votre sang et je croque vos testicules grillés.

Racine Carrée se penche vers moi. Les dents de sa gencive supérieure sont toutes en or.

– J'ai un projet pour toi. On en discutera dès que j'en aurai le temps.

On défait mes liens sur la chaise. Je viens *in extremis* de me tirer d'un mauvais pas. Je me dis aussi que le pire est sans doute à venir.

***

J'ai droit maintenant à un traitement de faveur par le gang de Racine Carrée. Une chambre avec un lit. Draps et oreillers propres, w-c fonctionnels, lavabo avec eau courante. Deux fenêtres en hauteur bardées de barreaux. Je ne peux y avoir accès que si je me tiens, exercice risqué, debout sur une chaise un peu branlante. Dans cette prison dorée pour ce lieu de pénitence, j'ai la visite d'une vieille femme accompagnée de deux hommes toujours armés. Elle vient en milieu de journée pour déposer sur l'unique table de la pièce un bol de riz et de haricots, bouteilles d'eau et pot de jus de fruits déjà sucré. La nourriture est insipide. Après ce que j'ai vécu dans cette pièce avec plus d'une vingtaine d'otages condamnés à mort, je n'ose me plaindre. Je n'ai pas grand-chose à observer par les fenêtres à part un container d'où l'on débarque des caisses qui ne sont certainement pas du matériel humanitaire. Une nuit, je suis assourdi par des crépitements d'armes automatiques et des feux d'artifice dont les éclairs illuminent la chambre à travers les fenêtres. La basse de haut-parleurs jouant du raga et du rabòday à volume maximum résonne fort dans ma poitrine et je crains presque qu'ils ne mettent à mal les battements de mon cœur. On festoie dans le ghetto, le fief de Racine Carrée, pour une raison que j'aurais bien voulu découvrir.

Je m'inquiète encore une fois pour le bébé laissé à Silfiz, mais je me dis qu'il est entre de bonnes mains et que je ferais mieux de me concentrer sur ma situation. Si Max est toujours au pays, il doit avoir fait jouer toutes ses relations dans les ghettos, dans la police et même dans les gangs pour me retrouver. Un dirigeant syndical est tenu d'avoir partout une oreille pour être averti à temps de la mise à exécution de la menace permanente qui plane sur sa personne. Pourrais-je m'échapper ? C'est peine perdue de tenter de répondre à cette question. Il faut laisser au récit le temps de prendre forme. Je suis étonné de constater que ce que je vis, maintenant je le considère comme une fiction. La théorie farfelue de l'inspecteur Dieuswalwe Azémar fissure ma rationalité. Avec tout ce que j'ai vécu depuis ce moment où le borgne est venu faire cet esclandre devant ma demeure, j'essaie en vain d'apprêter un récit. J'achoppe toujours sur le sujet exposé par Calahan, le prétendu journaliste-écrivain. Selon le policier, il est bel et bien un agent de la CIA, ce qui rend encore plus inquiétants et mystérieux ses propos sur l'enveloppe de ses instructions ne contenant que des pages blanches.

Au sixième jour de ma captivité, en fin de soirée, Racine Carrée vient me voir, accompagné de ses lieutenants. Je ne sais pour quel magasin de mode farfelu il fait de la pub, mais ce designer a un goût qui devrait faire fureur dans un asile d'aliénés. Racine Carrée exhibe une chemisette d'un rouge vif trouée comme un haillon avec dessus une veste trop courte d'un vert agressif. Une rosette de couleur mauve au cou. Un pantalon en échiquier noir et blanc, à pattes d'éléphants d'inégales longueurs. Il est encore une fois chaussé de tennis de marques et de couleurs différentes. Même s'il doit verser à ses commanditaires nationaux et étrangers une grande partie de l'argent de ses rapts et de ses divers types d'extorsions, il lui reste assez pour se payer toutes les folies. Racine Carrée, sans rien dire, dépose sur la table un lot de pages blanches et une demi-douzaine de stylos.

– Tout ce qu'il te faut pour travailler.

J'ai un début de vertige. Encore des pages blanches ! Quelqu'un, une entité maléfique, veut me faire perdre la raison. Je regarde le chef de gang sans comprendre. Il ne va tout de même pas croire que j'écrirai un roman ici, dans ces conditions. J'étouffe à temps un début de rire en pensant qu'il s'apprête à me demander d'écrire sa biographie. L'un de ses lieutenants me tend un iPod avec des écouteurs.

– Tu entendras douze mélodies, m'explique Racine Carrée. C'est pour mon prochain album que je compte sortir à la fin de l'année avec des clips vidéo. Il nous reste cinq mois, ce qui signifie que je suis pressé.

J'ai le souffle coupé. Je devine où il veut en venir.

– Il me faut un texte pour chacune de mes mélodies. Tu as des idées. Oligarques ! Ce serait bien, un titre pareil, pour mon prochain album.

Je crois prudent d'approuver.

– Assez ouvert, comme titre. Le peuple va aimer.

Satisfait, Racine Carrée se frotte les mains.

– Si tous mes followers en Haïti votent pour moi, je peux même être élu président.

Ses lieutenants brandissent leurs armes.

– Vive Racine Carrée, président d'Haïti !

Le chef de gangs me regarde, l'air soudain mauvais.

– Tu me donnes l'impression de vouloir rire !

Il me saisit rudement au collet.

– L'autre ! Celui qui est devenu président après s'être exhibé en sous-vêtements féminins sur un char de carnaval, qu'a-t-il de plus que moi ? La couleur de sa peau ?

Je me défends vigoureusement.

– Je ne désire pas rire, Racine Carrée. Tu peux être tout ce que tu veux.

Il me repousse violemment.

– C'est un ami, c'est vrai. Mais je peux faire mieux que lui.

– Vive Racine Carrée ! braillent ses hommes.

Il leur fait signe de se taire.

– Tu as deux semaines pour les textes, me dit-il. Pas un jour de plus.

– Après ? Me libères-tu ?

Il sourit sournoisement.

– Et tu iras raconter partout que tu es l'auteur de ces textes ?

Je suis sincèrement choqué.

– Moi ! Allez crier sur tous les toits que je suis l'auteur des textes que tu chantes !

Il s'esclaffe.

– C'est vrai ! Cela ne ferait pas bien dans ta présentation. Avoir écrit des chansons pour un chef de gang ! Plus de prix à l'étranger. Ces Blancs !

Il envoie un jet de salive au sol.

– Un ramassis d'hypocrites !

Il éclate de rire, imité comme toujours par ses lieutenants.

– Du coup, je n'ai aucune raison d'extraire ta racine carrée. La racine carrée de 1 est 1. J'ai fait quelques classes, monsieur l'écrivain. Toutefois, la seule garantie de ta libération est de me satisfaire avec des textes qui feront flamber les réseaux. Mets-toi au travail dès ce soir. Veux-tu de la détresse ? Cela peut t'aider.

Je refuse. Il me dit que, si je change d'avis, je n'ai qu'à demander.

– Tu es mon invité, ajoute-t-il avec un sourire cynique.

Il sort, suivi de ses hommes. Je reste, atterré, abasourdi, devant les pages blanches, les stylos et l'iPod.

***

En matière d'art, surtout de musique, je me considère comme un éclectique. Je me suis fait un point d'honneur depuis ma prime jeunesse de ne mépriser aucune forme d'art, aucun genre musical, comme il est coutume par notre dite élite intellectuelle de vilipender tout ce qui est considéré comme populaire. Si on s'engage dans une lutte pour une forme d'art populaire, c'est qu'elle est rejetée ou méconnue et peut donc servir de cheval de bataille dans la lutte permanente contre l'Occident blanc, qu'on courtise malgré tout par une attitude paradoxale, à la limite, schizophrénique, pour garder une marge de sécurité face aux masses populaires qu'on craint. Je n'avais donc aucun préjugé contre le genre musical dans lequel performait le chef de gang. J'avais entendu souvent chez d'ingénieux slameurs de superbes textes écrits par des jeunes rappeurs avec un regard au vitriol sur une société qui produit trop de laissés-pour-compte, avec leurs tonnes de frustrations ne demandant qu'à exploser. Mais il est hors de question que j'écrive pour un chef de gang. Je me suis engouffré dans une brèche, jouant avec l'ego de Racine Carrée pour me sortir d'un cul-de-sac. Je suis en fait passé d'une position désespérée à une autre, sauf que celle-ci m'offre du temps. Je ne vois aucune porte de sortie sinon d'écrire ces textes. Ce serait surprenant que je trouve l'inspiration dans ce type d'écriture alors que je suis dans la totale impossibilité d'entamer un quelconque récit.

Pour passer le temps, j'allume l'iPod. Je recherche ce que je dois écouter. Il n'y a rien comme mélodie. Seulement des espèces d'aboiements gutturaux qui se répètent indéfiniment. Je ne trouve aucune différence entre les « mélodies » pour lesquelles Racine Carrée veut que je lui écrive des textes. Je suis malgré tout tenu de satisfaire son ego. Ce que je comprends, c'est qu'il ne se contente pas seulement de son statut maintenant envié et populaire de chef de gang. Des journalistes radio l'appellent pour des interventions sur les ondes. Ces *voice* sont écoutés par des dizaines de milliers de gens. Il veut être reconnu comme un chanteur, un musicien et donner une image de défenseur des ghettos. Une sorte de Zorro dégénéré. Nous étions doués pour produire ces personnages grand-guignolesques, sortes de mauvais comédiens persistant à présenter des spectacles délirants et nauséeux.

Pendant deux nuits, je ne parviens pas à dormir. Quand j'éteins la lumière, un œil se balade au plafond, sorte de crabe de verre, cherchant une position pour avoir une meilleure vue sur moi. Je crois tout d'abord qu'il s'agit d'une caméra miniature mobile, un drone. Ces chefs de gangs sont assez fortunés pour se procurer le dernier cri en high tech. Il n'y a aucune machine dans la chambre. Ce que j'aperçois est le produit de mon imagination, un dérèglement de mon cerveau dû au sulfureux Milcent, le seul personnage de mon œuvre que j'ai traité avec autant de légèreté, me débarrassant de lui dans une fin qui n'est pas digne d'un auteur de ma trempe. Son œil, qu'il m'accuse de lui avoir pris, revient pour me rappeler que toute paix m'est interdite à cause de cette nouvelle que je ne peux plus réécrire. L'autre fin de l'histoire, bien réelle celle-ci – mais en étais-je certain – Milcent abattu par Racine Carrée, ce dernier énervé qu'on lui gâche une conversation artistique pour une question d'œil, est-elle satisfaisante pour que je puisse faire mon deuil de cette nouvelle? J'admets, un peu honteux, que je dérive dans le délire de l'inspecteur Dieuswalwe Azémar en construisant un pont bien solide entre mon imaginaire et une réalité où il m'a fallu faire preuve d'ingéniosité pour ne pas être égorgé.

Afin d'empêcher l'œil de se balader au plafond, je laisse la lumière, attendant que la fatigue m'amène au sommeil. Je suis aidé par le chuintement régulier, parfois rythmé, de la cacophonie du dehors. Je dors mal. La quatrième nuit, je commence à ressentir une sourde migraine. Mes yeux me brûlent. Je crains d'avoir de la fièvre, d'attraper une mauvaise grippe ici ou la Covid. Déjà otage d'un chef de gang, je verrais se compliquer une situation déjà désespérée.

– Je vois un œil au plafond la nuit, dis-je à la vieille qui, pour une fois, s'est départie de son silence pour me demander si je suis malade, car elle me trouve amaigri et nerveux.

Elle ne s'inquiète pas par compassion. Elle sait que je suis important pour Racine Carrée. Elle serait tenue pour responsable si elle ne signalait pas un problème de santé pouvant nuire à mon travail.

– C'est peut-être le fantôme de Milcent. Il t'en voulait tellement.

Ce n'est pas le genre de réponse attendue. Elle aurait pu dire que j'hallucine tout simplement, même si je suis sans doute la seule personne de cette demeure qui ne carbure pas à l'herbe.

– Es-tu certain de n'avoir pas sniffé un peu de détresse ? me demande-t-elle.

– Moi ! Non. As-tu déjà essayé ?

Elle secoue la tête.

– Je reste à l'herbe. La détresse, ça marche pour certains, d'autres non. J'ai été malade plusieurs jours après en avoir pris. C'est un truc diabolique. On dit qu'elle n'a d'effet que sur les riches, ceux qui ont le pouvoir.

Je change de sujet.

– Je n'arrive pas à écrire. Il ne me reste plus que trois jours.

La vieille passe le tranchant de sa main sous sa gorge pour signifier ce qui me menace. Elle allume un joint et s'octroie une copieuse bouffée.

– Cette fois, rien ne pourra te sauver.

– Apporte-moi une bouteille de rhum, lui dis-je.

En moins d'une heure, ma demande est satisfaite. Je décide cette nuit d'éteindre la lumière et d'affronter l'œil qui m'observe du plafond. Je suis fasciné par ses déplacements comme commandés par chaque mouvement de ma tête sur l'oreiller. Absorbé par cette étrange contemplation, je n'entends pas la porte s'ouvrir. Ce sont deux autres yeux que je vois se diriger vers moi, deux yeux derrière des lunettes dont les verres reflètent la faible lueur de l'extérieur. Je me relève en sursaut, allongeant la main pour presser le commutateur. La lumière dévoile une jeune fille – une adolescente ? – debout devant moi, une bible sous le bras, me menaçant d'un petit pistolet. De la manière dont elle tient l'arme, je déduis qu'elle sait s'en servir.

– Ne tente rien contre moi, avertit-elle. Je tire d'abord. Je réfléchis après.

Je m'assois sur le lit, ne sachant quelle attitude adopter. Elle doit avoir à peine seize ans. Les filles dans les ghettos deviennent femmes avant l'âge. On ne leur laisse pas le temps d'éclore dans leur plénitude. Elle est belle, portant sobrement une robe longue qui lui couvre les genoux. Ce n'est pas commun. Dans ces lieux, les filles affichent sans aucune retenue leurs charmes comme à l'étalage.

– Je suis Marie-Lilith.

– Marie-Lilith ! En voilà un prénom !

– La petite amie préférée de Racine Carrée, se présente-t-elle de la manière la plus naturelle qui soit. S'il sait que je suis venue te voir, il me tue.

– Il le saura certainement avec ses deux gardes postés au-dehors.

– Ils me sautent quand ils veulent. On a nos petits secrets.

J'ai le souffle coupé par cette sorte de franchise. C'est incroyable d'entendre une fille, une adolescente, parler de cette manière. Cela laisse entrevoir les relations tortueuses au sein des gangs. On s'entre-tue sereinement pour une question d'entrejambe. On loue cette prétendue résilience qui arrange bien l'étranger. Cette précarité, cette misère produisent surtout ce que j'appelle des aberrations sociologiques ; des monstres.

– Que veux-tu ? Baiser avec un captif qu'on va bientôt transformer en passoire pour s'amuser ? Veux-tu lire les textes que j'écris pour ton homme ?

Je veux hurler mon énervement. Je ne le puis.

– Un, je ne couche pas avec des mineures même si cela ne veut rien dire ici. Deux, je n'ai rien écrit. Connais-tu le syndrome de la page blanche ?

Elle secoue la tête.

– Évidemment, non. Je vois que tu tiens une bible sous le bras. Tu ne l'as certainement jamais lue. Cette génération, c'est la page blanche à perpète. Nous ne sortirons pas de l'auberge.

Elle me considère, sans expression sur le visage. Elle est glaciale. Elle porte bien son prénom. Lilith ! Il ne lui manque qu'un parfum de soufre.

– Je ne suis venue ici ni pour coucher avec toi ni pour les textes.

– Pour quoi alors ?

Elle ne me répond pas. Elle m'observe longuement comme si elle me jauge. Elle semble réfléchir sur le bien-fondé d'une démarche à entreprendre. Elle a une cicatrice à peine visible sur la joue gauche. C'est ardu de décrire ce qu'on ressent devant elle. Elle est presque irréelle. Un spectre n'aurait pas fait une autre impression. Elle semble être dans ce monde comme contrainte d'y traîner une aura de violence, de souffrance et de désespoir. Pour elle, toutes les règles, toutes les lois sont peut-être abolies. Cela me fait froid au dos sans pour autant éteindre l'attirance sexuelle qu'elle exerce déjà sur moi.

– Je sens que ton âme se noie dans un océan de souffrance, Marie-Lilith, j'arrive à dire, la gorge nouée, le cœur battant plus fort. Je voudrais bien connaître ton histoire.

Elle sursaute à mes mots. Sa première réaction humaine, dirais-je. L'éclair d'une fissure dans la froideur de son regard.

– C'est James Calahan qui m'envoie, dit-elle, se décidant à donner la raison de sa présence.

Pour une surprise, c'en est une. Marie-Lilith ouvre sa bible. Elle prend entre des pages une carte qu'elle me tend. Je saisis le bristol sans y jeter pour l'instant un regard.

– Où as-tu rencontré Calahan ?

– Au temple. Je ne peux rester plus longtemps. Je te ferai signe.

Elle s'en va avec une grâce… spectrale, comme si ses pieds touchaient à peine le sol. J'entends la clé qu'on tourne dans la serrure, la poignée qu'on manœuvre en deux fois pour s'assurer que la porte est bien fermée. Elle est la petite amie préférée du chef de gang, baise avec quelques-uns de ses soldats, porte une bible sous le bras et va au temple. Elle fabule peut-être, mais je suis enclin à accorder foi à ses dires. Je m'intéresse à la carte. Deux phrases écrites à la main : « Marie-Lilith va vous faire sortir. Faites-lui confiance. » C'est signé James Calahan. Je ne connais pas sa signature pour savoir si elle est fausse, et donc un piège qu'on me tend. Un piège tendu par qui? Racine Carrée veut que je lui écrive ses textes et n'a aucun intérêt à ce que je parte. Calahan, s'il est vraiment un agent de la CIA comme l'affirme l'inspecteur Dieuswalwe Azémar, peut avoir des contacts à l'intérieur des gangs. Il a su que je suis retenu chez Racine Carrée. Comment a-t-il pu s'assurer les services de la petite amie du chef de gang? Pourquoi suis-je aussi important pour lui? Trop de questions sans réponses.

***

Je ne fais que penser à cette fille! Elle doit avoir une histoire intéressante à raconter. Elle est belle avec ses lunettes. Une beauté décalée, irréelle dans ce lieu de perdition où s'abîment les espoirs du pays. Marie-Lilith! Les parents choisissent, composent les prénoms les plus improbables pour leurs enfants, surtout les filles. Ils affublent parfois leur progéniture de prénoms sans en connaître l'histoire, le sens, l'origine. Lilith! Présentée dans les légendes juives comme la première femme d'Adam. Vue comme une divinité démoniaque par les religions chrétiennes. La première féministe, car elle aurait été la première à refuser le joug masculin, en l'occurrence celui d'Adam. Un déclic se fait dans ma tête. Je me saisis d'une page blanche et d'un stylo. En quelques minutes, je la noircis d'une dizaine de lignes. Une chanson où il est question d'une jeune fille dans un ghetto qui tient d'une main son fusil d'assaut, de l'autre sa bible tandis qu'avec son sexe elle met à la raison non seulement des truands, mais aussi des politiciens qui viennent dans ces quartiers trouver les appuis qu'il faut dans cette république où le banditisme est devenu légal après une mission d'une dizaine d'années des Nations unies pour y instaurer la paix et la stabilité. Je trouve le texte bien rythmé, d'une violence que je n'aurais pas cru pouvoir exprimer. Je pars aussitôt sur un second texte. Cette petite fille née sur un trottoir dans un camp improvisé, sa mère fuyant la guerre des gangs. Cette enfant ne connaîtra jamais sa mère emportée par cette violence aveugle. Que deviendra-t-elle dans une société où la négation de l'humain devient la norme ? Suis-je sorti de la brume de la page blanche pour avoir réussi à écrire ces deux textes de chansons ? Ce n'est qu'un exercice auquel je me livre pour éviter le sommeil, pour que l'œil ne vienne pas se balader au plafond comme s'il traquait un monstre, une entité démoniaque tapie à l'intérieur de moi.

Je m'endors devant la table, la tête affaissée sur les feuilles blanches où j'ai gribouillé des phrases en créole et en français. Je me réveille le lendemain matin dans le lit sans savoir quand j'ai quitté la table pour gagner ma couche. J'ai bu trop de rhum. Je prends un bain. L'eau est trop chaude. Cela ne fait qu'empirer ma migraine. Plusieurs pages sur la table sont parsemées de mon écriture. L'iPod est toujours en marche. Je travaille rarement sous l'effet de l'alcool. Il est vrai que cette création n'est pas la même. J'ai laissé s'exprimer tout ce qui en moi est violence, colère, frustration sur un mode qui n'est plus sous contrôle des principes que la bonne société m'a inculqués. Les vibrations du ghetto m'ont branché sur une autre fréquence. Le résultat est assez surprenant. Jamais je ne signerai pareils textes. Je me ferais vilipender, descendre par ces critiques qui n'attendent de toute manière qu'un faux pas de ma part, ce qu'ils ne considéreraient pas comme un faux pas, mais le dévoilement final de mon hypocrisie, de ces mensonges que certains intellectuels manient si habilement dans l'unique objectif d'intégrer le cercle magique et malsain du pouvoir.

La vieille femme m'apporte encore de la nourriture. Toujours du riz avec des haricots et une sauce interlope dans laquelle nage un morceau de viande toujours suspect, des carottes et de la pomme de terre. Je n'ai pas assez faim pour m'attaquer maintenant à ce repas. Elle insiste pour que je mange.

– Quand tu sors d'ici, il ne faut pas que les journalistes disent qu'on t'a mal traité. On m'a appris que tu es un grand écrivain.

Je souris. Je ne m'attendais pas à ce qu'elle manifeste le moindre intérêt à mon endroit. Elle ne devait suivre que les consignes du chef.

– Sais-tu ce qui s'est passé hier soir ? me demande-t-elle en déposant le couvert sur la table.

– Non, je lui réponds. J'ai dormi. Mal. Trop de rhum.

– Je ne t'apporterai plus d'alcool, me prévient-elle.

Il vaut mieux que je garde l'esprit clair. La consommation de rhum n'est pas recommandée dans ce genre de situation.

– Que s'est-il passé hier soir ?

Elle esquisse le signe de la croix.

– Une église ! Le prêtre stockait de l'essence pour la revente au marché noir. Tout a explosé.

Les religieux sont impliqués dans un tas de trafics. L'argent ! Amasser de l'argent par tous les moyens. Le ciel ! Jésus ! Une drogue jetée au peuple pour qu'il ne vienne pas gâcher le bonheur des riches sur terre.

– Ce n'est pas étonnant, dis-je à la vieille. Penses-tu que Racine Carrée et ses amis de la Fédération des gangs sont les seuls bandits de ce pays ?

– Ce n'est pas l'explosion qui est le problème. Ce sont des *kanzo*.

– Des *kanzo* ?

Elle fait encore le signe de la croix.

– La malédiction ! De l'essence stockée dans une église ! Les esprits du feu ont surgi de l'incendie. Tout le monde les a vus. Des flammes qui se déplacent comme des êtres humains.

Elle a fumé un joint de trop, la vieille. Elle pue l'herbe.

– La nuit, on croit voir de tout. Surtout avec une couleur dans la cervelle.

Elle me considère avec tristesse.

– Ce n'est pas une plaisanterie. Les flammes ont réduit en cendres plusieurs personnes. Le curé de cette église a osé remplacer le vin de l'eucharistie par de l'essence. A-t-on idée de faire chose pareille ! Il est mort avec une vingtaine de fidèles. Il y a eu une centaine de blessés. C'est le châtiment divin qui nous menace. On ne peut rien contre les *kanzo*. Ils doivent se concerter en ce moment pour choisir la nature de notre punition. Ensuite ce sera l'Apocalypse.

Je ne peux m'empêcher d'éclater de rire. Remplacer le vin de l'eucharistie par de l'essence ! Il avait quand même de la suite dans les idées ce curé, suppôt du Vatican et de l'Occident ! L'essence, n'en déplaise aux disciples de Bacchus, a aujourd'hui plus de valeur que le vin. Sauf que pour en boire, même quelques gorgées, il faut une bonne dose de volonté et un sacré estomac.

– Espérons qu'ils sauront séparer le bon grain de l'ivraie, je parviens à dire.

Elle paraît choquée de ma réaction.

– Le problème avec les *kanzo*, c'est qu'ils sont sots et aveugles.

Elle me quitte. On vérifie au-dehors que la porte est bien fermée.

***

Je veux déchirer les feuilles de papier sur lesquelles j'ai laissé exprimer une violence auparavant refoulée. Mon ras-le-bol de ce pays, de son roman national faux, de ses mythes mal fagotés, de ses héros massacreurs de nègres et voulant ressembler à tout prix à leurs pères européens. Je me souviens au dernier moment de la recommandation d'un éditeur au tout début de ma carrière : « Ne déchire jamais rien. Garde de préférence dans un tiroir et un jour, avec le recul, tu auras peut-être un tout autre regard sur ce que tu as écrit. » Étouffé par l'ennui, la colère parfois, je ne parviens pas à grignoter un gramme d'inspiration me permettant de commencer un quelconque récit. Ce que je vis peut-il être le point de départ d'un roman ? L'agent de la CIA avec ses pages blanches comme instructions ? Une demi-fausse histoire dans une vraie histoire, car il s'est présenté à moi comme journaliste et écrivain. La jeune mère ayant accouché à même le sol dans un camp improvisé ? Le bébé que nous avons recueilli ? La visite surprise de cette jeune fille. Marie-Lilith ? Le canular des esprits flammes produits par l'explosion de l'essence stockée dans une église ?

Que fait Max en ce moment? A-t-il suivi sa femme à l'étranger ? Silfiz continue-t-elle à prendre soin du bébé ? Je ne lui ai donné encore aucun prénom. C'est une erreur à réparer au plus vite dès que je sors d'ici. Je remarque que je tiens comme acquis que je ne ferai pas un trop long séjour dans cette chambre-cachot. Il fait nuit sans que je m'en aperçoive. Fatigué, je me suis endormi pendant une heure ou deux. À mon réveil, pour respirer un peu, je monte sur la chaise toujours branlante, mais qui tient bon, pour atteindre l'une des fenêtres. Je vois deux lames de feu s'élancer vers le ciel, au nord de la ville, puis les lueurs d'un immense incendie. Je pense à ce que m'a raconté la vieille ce matin. Des divagations ! Le stockage du carburant chez des particuliers dans des conditions aussi précaires va causer des accidents en cascade. Puisque chez nous tout a une explication surnaturelle, notre imaginaire a de quoi se nourrir.

Deux clics de serrure ! La porte s'ouvre sans bruit. Marie-Lilith s'avance vers moi. Elle n'a pas cette fois une bible sous le bras. Seulement son pistolet à la main. Je me dépêche de descendre de la chaise.

– Que fais-tu ? me lance-t-elle.

– J'étouffe. Je voulais regarder au-dehors.

– Il n'y a rien à voir, dit-elle sèchement. On part. On doit faire vite. Prends ce qu'il te faut.

Je n'ai rien à prendre. Je suis arrivé ici dépouillé de tout.

– Où sont les soldats de Racine Carrée ? je m'inquiète.

– Nous n'avons pas de temps à perdre, s'impatiente Marie-Lilith.

Je m'apprête à ramasser mes pages sur la table. Elle me menace de son arme.

– Laisse-les pour Ti-Frère. Cela atténuera sa colère.

Ti-Frère ! C'est ainsi qu'elle appelle son amant. Je n'insiste pas. Personne ne croira que je suis l'auteur de ces textes si Racine Carrée les met effectivement en chanson. Pas de risque de ce côté. Le chef de gang veut toute la gloire pour lui seul. Cela peut le perdre un jour.

– Tu me suis, me recommande Marie-Lilith. Tu restes derrière moi.

Il n'y a pas de gardiens devant la porte. J'entends une télévision poussée à plein volume. Des cris ! La retransmission d'un match de foot ! Bon moment pour prendre la clé des champs ! Nous franchissons un couloir mal éclairé, descendons un escalier en béton sans rampe pour atteindre une porte en fer. La jeune fille frappe en deux fois. Un signal convenu. La porte s'ouvre pour livrer passage à un homme, chapeau de paille sur la tête, fusil mitrailleur en bandoulière.

– Pressons, souffle-t-il. Racine Carrée termine une rencontre avec quelqu'un du ministère de l'Intérieur.

On marche après lui dans un corridor qui sinue entre des cases menacées par la boue et les alluvions débordant d'égouts obstrués. Une brise salée, nauséabonde m'étouffe. Je perçois le ressac de la mer. La puanteur se précise. On atteint le rivage transformé ici en décharge où cadavres d'humains et d'animaux flottent dans des flots de matières plastiques et d'immondices brassés par les vagues. Une petite embarcation, une pirogue, retenue par un homme avec des pagaies en main, nous attend.

– Allez… Avancez, presse l'homme.

Il me pousse en avant. Je mets les pieds dans une boue visqueuse. On progresse en écartant on ne sait quoi devant nous. Avec l'aide des deux hommes, je prends pied dans l'embarcation. Marie-Lilith n'est nullement incommodée par cette escapade dans cette pestilence. Elle se hisse sans peine dans la pirogue qui s'éloigne lentement de la rive, s'enfonçant dans le noir. On entend des coups de feu en provenance du ghetto.

– A-t-on découvert ma fuite ?

– Non ! répond sèchement Marie-Lilith. Ils festoient sans doute pour un but de leur équipe préférée. J'ai tout arrangé. Cela a coûté très cher à ton ami. Tu dois avoir de l'importance pour lui.

– Tu l'as fait pour l'argent, dis-je, inexplicablement déçu.

Elle me fixe avec un regard froid.

– Un visa pour les États-Unis. Un billet d'avion. C'est ce que j'ai exigé. J'attendais cette occasion.

Elle prend un passeport dans la poche de son jean et me montre, à l'aide de la lumière de son portable, la page avec le visa.

– Il me l'a remis ce matin. Il est réglo, ton ami.

Elle se penche vers moi et dépose un baiser sur mes lèvres. Les siennes sont chaudes, comme braisées par le feu de l'enfer. Elles contredisent sa froideur. Je ne m'y attendais pas. Les deux hommes avec nous font comme s'ils n'avaient rien vu.

– Calahan n'aurait pas eu besoin de moi pour te faire sortir. Racine Carrée est aux ordres de l'ambassade, mais son rêve est d'être reconnu comme un grand artiste. Il tient à tes textes. Il veut te libérer seulement quand tu lui auras écrit ses chansons. Ton ami Calahan, cependant, semble pressé.

– Une fille comme toi avec Racine Carrée ! Comment cela se fait-il ?

Rien ne transparaît sur son visage.

– Une fille comme moi ! Tu ne connais même pas mon histoire.

Pendant que l'embarcation glisse dans le noir, elle me chuchote un terrible récit.

***

– Je ne sais pas si je veux vraiment partir. Parfois, je voudrais mourir comme ma mère, une balle dans la tempe pendant une manifestation des ouvriers du Parc industriel qui exigeaient un ajustement salarial. Ma mère, c'était tout ce que j'avais. Ma mère et ma grande sœur Elisha. J'ai toujours connu ma mère travaillant pour ces étrangers. Une fois, je lui ai rendu visite à son lieu de travail. Je n'ai jamais oublié ce que j'ai vu alors. Ces dizaines de femmes penchées sur des machines à confectionner des habits que nous ne porterions jamais. Ma mère maigrissait à vue d'œil. Elle se nourrissait peu, ce qu'elle gagnait suffisant à peine à payer le transport, à nous donner à manger et au loyer de la petite pièce qui nous servait de logis et dont le toit pouvait à peine supporter la pluie. Notre père avait été tué par une balle perdue pendant un échange de tirs entre la police et des bandits. Ma mère…

Elle s'arrêta un instant. Je crus voir à nouveau l'éclair de la fissure dans son regard malgré l'obscurité.

– J'ai surpris une fois une conversation entre elle et Madame Jean, la voisine qui nous gardait en son absence pour quelques gourdes. Elle racontait qu'elle avait été obligée de coucher avec un superviseur pour garder son emploi à la manufacture. Plein d'ouvrières sont en proie à un harcèlement sexuel permanent. Elles étaient livrées à elles-mêmes. Jusqu'au jour où quelqu'un des syndicats est venu les voir. Elle m'a parlé de cet homme. Un certain Max. Ce superviseur a été renvoyé, mais il a menacé ma mère pendant des semaines et cela a pris fin quand ce pervers a été jeté en prison grâce au syndicaliste. Pour ma mère, il n'y a qu'un homme digne de ce nom sur cette terre. Ce monsieur Max ! Elle a adhéré au syndicat sur ses conseils, a participé à des formations, à des manifestations, jusqu'au jour où un sniper de cet imposteur de président qui s'est fait élire en passant pour un planteur de bananes a eu raison de ma mère. Une balle dans la tête sur la place dite de la Constitution.

Les lueurs du port commencent à percer la brume. Je prie pour que Marie-Lilith achève son récit avant notre arrivée.

– Nous avons logé plusieurs mois chez cette femme, Madame Jean, après la mort de notre mère. Elle nous forçait à nous prostituer pour quelques gourdes qu'elle empochait. Elle nous menaçait de mort pour que nous ne la dénoncions pas. Un soir, ma sœur et moi nous nous sommes enfuies pour nous réfugier chez Zélon, un « client » tombé amoureux de ma sœur. On habitait alors dans un autre ghetto sur la montagne. Nous avons été tranquilles pendant un an. Zélon aimait ma sœur. Grâce à lui, nous ne manquions de rien. Pour la première fois, nous mangions à notre faim. Puis une guerre a éclaté entre des gangs dans les quartiers sur la montagne. Zélon a disparu. Nous avons appris qu'il avait été capturé par la police et exécuté. Un matin, des hommes d'un gang, celui de Zélon, ont fait irruption chez nous, nous ont capturées, ligotées et traînées jusque sur une place publique devant l'église de la zone. Ils nous accusaient d'être des indicatrices. C'était faux. Nous avions seulement l'habitude de faire la conversation avec les policiers du sous-commissariat du quartier qui nous trouvaient jolies et sympathiques.

Elle s'arrêta de nouveau, le souffle court.

– On nous a forcées à nous agenouiller. Malgré nos appels à la pitié, ils ont mis pour commencer une balle dans la tête de ma sœur. Elle est tombée devant moi, des fragments de sa cervelle et son sang sur mon visage. Le tueur a collé son arme sur ma tempe. « Supplie pour que je t'épargne, sale petite pute », jubilait-il. J'ai refusé. J'ai fermé les yeux. Ma sœur était morte. Je voulais la rejoindre. Je n'avais plus peur. Déjà, j'avais cessé de vivre. J'ai entendu une détonation, mais je n'ai rien ressenti. C'est le tueur qui s'est affalé à mes côtés, le cou déchiqueté. Il y a eu ensuite plusieurs rafales d'armes. Toujours vivante, je restais agenouillée, incapable de bouger, de me relever, pour fuir. On est intervenu juste à temps pour me sauver. Mais ce n'était pas la police.

– Racine Carrée ? demandé-je.

– Racine Carrée, confirme-t-elle. Je tremblais. Il m'a relevée, a ordonné à ses hommes de me transporter chez lui. Pendant un mois, je n'ai pu prononcer un mot. Il a fait venir un guérisseur pour moi.

– Le connaissais-tu avant ?

– Non.

Comme quoi, en plein enfer, la pire des âmes peut avoir un élan de générosité pour faire battre en retraite les troupes du désespoir.

– Le sang de ma mère, chuchote Marie-Lilith… Le sang de ma sœur… Je devrais les rejoindre au lieu de fuir, au lieu d'aller au faux paradis de nos assassins. Tu en penses quoi ?

J'étouffe un sanglot dans ma gorge. Je ne réponds pas.

***

L'embarcation avance vers le port. Un moteur a été actionné, car nous sommes assez loin pour ne plus être repérés. L'homme à la barre dirige la pirogue le long d'un gigantesque container jusqu'à un débarcadère où nous attend James Calahan. L'homme à la barre m'aide à utiliser le frêle escalier en métal rongé par la corrosion de l'eau de mer. Je remarque seulement l'arme à sa ceinture et une plaque à sa poitrine. Un soldat des forces spéciales américaines ! Il s'adresse dans un anglais parfait à Calahan. Ce dernier lui certifie que tout est OK et qu'il peut disposer. Il regagne l'embarcation où sont restés Marie-Lilith et l'homme au chapeau de paille.

– Puis-je avoir des explications ? je demande à Calahan.

– Quittons l'endroit tout d'abord, me répond-il. Nous ne sommes pas censés voir ce qui se passe ici.

Sa jeep est garée à quelques mètres. Nous sommes en plein cœur des vastes installations portuaires de Port-au-Prince assiégées par les gangs depuis plusieurs mois. Nous prenons le chemin de la sortie, chemin encombré par des containers qui à cette heure ne sont certainement pas livrés légalement. Dehors, nous sommes stoppés par une escouade d'une dizaine de bandits. T-shirt, jean, sandales aux pieds, fusil-mitrailleur à la main. Calahan leur tend une enveloppe. Celui qui semble le chef contrôle le contenu avant de lui faire signe, avec un air satisfait, de continuer. Sur le chemin vers le haut de la ville, Calahan se détend un peu.

– Pas besoin de vous expliquer que vous ne pouvez pas revenir chez vous aussi vite. Racine Carrée va y poster ses hommes. Il va tout faire pour vous retrouver.

L'Américain se pince le nez.

– My God ! Que vous sentez mauvais ! Vous devriez prendre un bon bain et moi je devrais payer cher pour nettoyer et désinfecter ce véhicule.

Calahan a raison pour ma sécurité, mais je m'inquiète pour Silfiz et le bébé.

– Marie-Lilith m'a certifié qu'on ne s'apercevra de ma fuite que demain matin tôt. Je dois passer chez moi juste quelques minutes. C'est important.

Au ton de ma voix, il comprend que je n'agirai qu'à ma tête. Il fait demi-tour. On est à cinq minutes de mon appartement. Il est presque minuit. Personne dans les rues. J'ouvre la porte d'entrée avec une clé de secours toujours dissimulée dans une rangée de fougères. J'appelle Silfiz. Elle n'est pas là. Tout est resté en place. Je demande à Calahan, qui m'a suivi, un téléphone. Je trouve la messagerie de Silfiz. Où est-elle avec l'enfant ? Je ne sais pas où elle habite. Elle m'a seulement laissé entendre une fois qu'elle a une cousine à Canaan, une cité-dortoir que le gouvernement a laissée pousser tel un gigantesque champignon vénéneux à la sortie nord de la ville. Je tente en vain de joindre Max.

– On doit partir, insiste Calahan.

Il n'y a plus de raison de muser dans les parages. Demain, je trouverai bien quelqu'un capable de localiser Silfiz. Je laisse un message sur son téléphone pour lui dire que je suis de retour.

– Vous ne m'avez pas fourni d'explication, je rappelle à l'Américain.

– Un contact chez Racine Carrée vous a reconnu. Il nous fallait quelqu'un bien placé dans le gang pour pouvoir vous approcher et planifier votre exfiltration.

Il parle comme si je faisais partie de son agence criminelle.

– Nous avions l'information que l'une des maîtresses de Racine Carrée fréquente assidûment une église évangélique. Tenez-vous bien ! « La page blanche de la Résurrection ».

Je ne crois pas mes oreilles.

– Je m'y suis rendu et je me suis arrangé pour la rencontrer. Le reste n'a pas été difficile moyennant visa, billet d'avion et argent.

– Pourquoi donc suis-je si important pour vous ? Je sais que vous n'êtes ni journaliste ni écrivain, mais un agent de la CIA. L'histoire que vous m'avez présentée est la vôtre.

Il ne nie pas.

– Oui. Mes instructions sont des pages blanches. Donc, j'essaie maintenant de me laisser guider par des détails que je compile. Des détails toujours liés aux pages blanches. J'ai l'intuition que vous faites partie intégrante de la solution. Quand je vous ai abordé dans ce restaurant, j'ai été étonné que vous me parliez de pages blanches. Les détails, les coïncidences ne sont jamais anodins.

– S'il n'y a pas de résolution ? Comme ces problèmes de mathématiques qu'on passe des siècles à tenter de résoudre.

– Ce serait une forme de réponse à mon problème. Solution impossible.

On entend une explosion malgré la climatisation. Trois flammes de feu dans le lointain, vers le sud, sur la montagne. Des incendies !

– Ils disent que ce sont des *kanzo*, ricane Calahan. Avec vous, tout est vaudou même si vous le dissimulez.

On arrive chez lui.

– Prenez un bon bain pour votre puanteur, me conseille-t-il. J'ai des vêtements qui vous conviendront. Demain, nous irons assister à un service du pasteur au temple « La page blanche de la Résurrection ». Le gourou de cette église est le pasteur Lemène. Il vous intéressera forcément. Mes instructions en pages blanches finalement ont peut-être un sens. On m'aiguille vers une piste. Laquelle ?

S'il compte sur moi pour la réussite d'une mission qui ne sera jamais dans l'intérêt de ce pays souffrant, il se trompe grandement.

***

Je passe un très mauvais moment dans la chambrette mise par l'Américain à ma disposition. Mon bain est un exercice long et difficile pour me débarrasser des odeurs de la décharge marine dans laquelle j'ai dû barboter pour m'enfuir. Le contenu d'une bouteille de savon liquide à la lavande ne suffit pas. Mon sommeil est lui aussi un cauchemar permanent dans lequel je suis traqué par l'œil qui rampait au plafond de ma prison chez Racine Carrée.

Le lendemain matin, Calahan frappe tôt à ma porte. Je dois me dépêcher si je veux prendre mon petit déjeuner avant que nous nous rendions au service du temple évangélique qui intéresse tant l'Américain. Quand je le rejoins, je suis stupéfait de découvrir Adriano, le Dominicain qui a menacé de se tirer une balle dans le cul par dépit amoureux. Je parviens à ne pas manifester ma surprise sous les regards goguenards de Calahan. Je bois mon café. Je grignote des tranches de pain avec du beurre de cacahuète. Dans la jeep, où le Dominicain ne nous a pas accompagnés, je me permets de faire une remarque.

– Vous ne craignez pas un incident diplomatique, monsieur Calahan ? Entre Langley et le ministère des Affaires étrangères ?

Il a un sourire suffisant.

– Vous le savez aussi bien que moi, monsieur Vausier. Ce sont nos valets.

Lui, il ne fait pas dans la dentelle. Je lui pousse une balle assassine.

– Habituellement, les maîtres n'entrent pas par la même porte que leurs valets.

Il me répond du tac au tac.

– Les colons français chez vous, en la matière, ont bien partagé avec les esclaves. Cela vous a valu ces petits merdeux qui se croient d'une classe supérieure.

Il gagne cette manche haut la main. Il me donne une tape, qu'il veut affectueuse, à l'épaule.

– Excuse me… Je sais que là je vous ai touché fort. Je me suis mis à votre histoire. Ces pages blanches, il faut bien que j'en vienne à bout.

Il me tend son téléphone.

– Vous essayez encore, pour le bébé et votre ami ?

Les deux numéros sonnent sans réponse. Je dois passer à la compagnie récupérer une autre SIM avec le même numéro et acheter un appareil pour obtenir une connexion internet. Peut-être ai-je des messages sur WhatsApp ou sur ma boîte mail. Il y a un embouteillage devant le temple « La page blanche de la Résurrection » qui fonctionne à plein, en dépit de l'insécurité entretenue par les gangs, dans un grand hangar logeant dans le temps une boulangerie. Dans la rue, devant le temple, une foule semble fuir l'arrivée imminente d'une armée de barbares. Des centaines de gens portent le peu qu'ils possèdent sur leurs épaules ou dans des brouettes qu'ils poussent devant eux. Une dame passe en hurlant, la bible brandie vers le ciel, que le feu de l'Apocalypse rôde déjà dans la cité. « Repentez-vous pendant qu'il en est encore temps. Les plus grands tourments s'annoncent pour vous, pécheurs. » Nous entrons dans le temple où une fidèle en robe blanche, châle blanc sur les cheveux, nous conduit vers deux sièges au premier rang. Un Blanc, surtout s'il est américain, et son invité sont toujours les bienvenus dans une église évangélique. Le pasteur Lemène me fait plus penser à un boxeur poids lourd que ce qu'on peut imaginer d'un homme de Dieu. Dans son sermon, il explique que Jésus s'apprête à inscrire sur des pages blanches, réservées à cet effet, les noms des élus, ceux devant jouir de la vie éternelle. Je ne comprends toujours pas pourquoi Calahan a voulu que j'assiste à ce service. Les temples protestants ou évangéliques – il m'est difficile d'établir la différence – portent souvent les noms les plus farfelus, les plus improbables. L'assistance est survoltée par le prêche du pasteur, surtout quand il aborde le sujet des conversations de toute la ville. Les flammes baladeuses! Les *kanzo* qui, dès la nuit tombée, s'attaquent aux humains et à leurs demeures. Là, notre imaginaire bat à plate couture celui des scénaristes les plus tarés de Hollywood. C'est mieux que les zombis mangeurs de chair humaine, les vampires buveurs de sang ou des extraterrestres parasitant le corps des Terriens. Des flammes tueuses! C'est l'avant-garde de l'Apocalypse, brame le pasteur. Le repentir et la confession des péchés peuvent, seuls, protéger contre la fureur du feu. « Plus que cela, hurle-t-il, il faut crier votre détresse à l'Éternel des Armées. Dans 2 Samuel 22 : 7 il est écrit: "Dans ma détresse, j'ai invoqué l'Éternel. J'ai invoqué mon Dieu. De Son palais, Il a entendu ma voix, et mon cri est parvenu à Ses oreilles." » Les fidèles lui donnent une ovation qui fait vibrer les parois du hangar. Le pasteur continue: « Toujours dans la Bible, il est dit: "Je suis dans la détresse, sauve-moi! Aie pitié de moi, écoute ma prière." L'Éternel est un refuge pour l'opprimé, un refuge au temps de la détresse. »

Le pasteur sonne une cloche et deux rangées de jeunes filles toutes de blanc vêtues sortent par deux portes derrière l'autel, chacune d'elles porteuse d'un lourd lot de pages blanches, qu'elles vont distribuer à chaque fidèle.

– Sur cette page blanche qui ne coûte qu'un dollar américain ou son équivalent en gourdes, glapit le pasteur, écrivez votre détresse. Criez votre détresse à l'Éternel. Dites que vous n'en pouvez plus.

L'assistance reprend en chœur.

– Nous n'en pouvons plus ! Nous n'en pouvons plus !

C'est hallucinant. Calahan et moi nous sommes avec une page blanche en main après nous être fait dépouiller de deux dollars.

– Cette page est la chance que Dieu vous offre. Écrivez dessus vos péchés, vos haines, vos peurs, vos vols, vos meurtres, vos jalousies, vos trahisons. Surtout votre misère, votre détresse. Ceux qui ne savent pas écrire peuvent mettre sur la page blanche une goutte de leur sang ou de leur salive. Dieu pourra en extraire votre détresse et votre repentir si vous le faites en toute sincérité.

Le pasteur et la chorale entament un cantique entraînant, accompagné par un orchestre qui joue faux, mais fort. Le batteur attaque ses passages au petit bonheur, beaucoup plus pour assourdir l'assistance penchée sur les pages blanches. Je suis saisi d'étonnement de voir Calahan, son stylo à la main, remplir consciencieusement la sienne.

– Ne me dites pas que vous allez dévoiler les secrets de la CIA. Les coups d'État, les guerres que vous avez provoquées, les assassinats, etc. Bref, toute la merde dont vous êtes responsable sur la planète.

Il met un doigt sur ses lèvres.

– Règle principale quand on est en observation, me souffle-t-il. Se fondre dans la nature, dans la foule. Pour mieux comprendre. Remplissez votre page. Vous avez aussi plein de péchés à confesser.

C'est plus que stupide. Déjà quand on exigeait que j'avoue mes transgressions, enfant, au confessionnal, je ne savais quoi dire au prêtre que je ne voyais jamais derrière son espèce de lucarne. À peine prenais-je parfois l'odeur de son parfum toujours dégoûtant, si bien qu'une fois je m'étais demandé si ne se cachaient pas dans cette grande boîte en bois des espèces de monstres qui se nourrissaient de nos souffles, de nos paroles. À genoux, j'inventais des péchés en accord avec la définition qu'on en donnait dans le cours de catéchisme. J'aurais mis ma main au feu que bon nombre de mes camarades faisaient de même. Ce n'était pas possible que les prêtres ne s'aperçoivent pas qu'une grande part de ce qu'on soufflait à leur oreille n'était qu'invention pour revenir vite, après ladite pénitence, à nos jeux beaucoup plus intéressants. J'avais méprisé un de mes personnages, puis je m'en étais débarrassé de manière plutôt expéditive en le faisant mourir sous les roues d'une voiture pilotée par un chauffard ivre. J'avais reluqué trop souvent Silfiz et je rêvais qu'un soir elle se donne à moi. Je trompais Younta dès que l'occasion se présentait. La première partie de ma confession est sincère. Ensuite, je m'amuse un peu. Juste pour mélanger le vrai du faux, pour donner du fil à retordre à Dieu s'Il doit dépouiller toutes ces pages. J'ai écrit des recommandations au Premier ministre, un neurochirurgien, lui conseillant de lobotomiser le peuple pour qu'il cesse de manifester contre la politique gouvernementale, afin de rendre la vie facile à tous ceux qui tiennent à ripailler en toute tranquillité en se servant dans la caisse publique. C'est la deuxième fois que j'ai ainsi l'occasion de me lâcher sur des pages blanches. Pour les chansons d'un chef de gang voulant devenir une star et pour un pasteur qui a pété les plombs. Ce dernier annonce que le repentir est terminé. Les pages doivent être remises pour une seconde sanctification. Les mêmes jeunes filles repassent avec de grands paniers en osier dans lesquels chaque fidèle dépose avec dévotion sa page.

– Qu'en pensez-vous ? me chuchote Calahan.

– Je comprends la raison de mon impossibilité à écrire. La réalité dépasse toujours tout ce qu'on imagine. Devant ce constat, mon esprit jette l'éponge.

– Ne soyez pas aussi défaitiste. Ce qui vient de se passer ne vous porte-t-il pas à vous poser une question ?

– Laquelle ?

– Que fait le pasteur de toutes ces pages ?

– Il se torche avec, lui dis-je, fatigué.

Calahan n'apprécie pas.

– S'il se torche avec ces pages, je lui mets une balle entre les deux yeux. C'est une trop belle trouvaille pour une conclusion aussi malsaine.

Je soupire

– Ce n'est qu'un pasteur plus imaginatif que les autres. J'en connais un qui oblige ses fidèles à boire l'eau avec laquelle il se lave les pieds.

– Tout n'est peut-être pas aussi simple que vous le pensez. J'ai la sensation d'avancer même si le brouillard est encore épais devant moi.

Il me considère avec une teinte de tristesse.

– La raison pour laquelle vous ne parvenez plus à écrire est évidente. Votre raison monte la garde devant votre imaginaire.

Le service vient de se terminer. Les fidèles quittent les temples en chantant, certains en esquissant des pas de danse. La joie, la sérénité se lisent sur leur visage. J'ai souvent envié ceux dont l'esprit est emprisonné dans une geôle dont les clés sont tenues par prêtres, pasteurs, imans, oungan, vénérables et j'en passe. Ne plus être maître de sa vie, s'en remettre à autrui, à Dieu, à Jésus doit être réconfortant. Cela vous enlève un lourd poids des épaules. Surtout celui de la réflexion. Il n'y a rien de plus ardu que la réflexion car elle mène forcément au doute. Vivre assis sur le doute est angoissant. Il faut du courage pour affronter l'insécurité existentielle. Les animaux vivent heureux en quelque sorte. Quand on les emmène à l'abattoir, ils ne le savent pas. Les humains sont parfois ainsi, surtout en politique. Question d'instinct, les animaux peuvent sentir l'approche d'un prédateur avec seulement deux choix à leur disposition : une lutte que la nature leur veut souvent défavorable, ou la fuite.

Nous nous apprêtons à quitter le temple à notre tour – Calahan tenait à ce que la grande foule évacue la salle avant que nous sortions – quand le pasteur vient vers nous, l'air enjoué, pour nous dire sa fierté d'accueillir un écrivain aussi connu, accompagné de l'un de ses amis américains.

– James Calahan et moi, nous nous sommes rencontrés plusieurs fois aux États-Unis, m'apprend le pasteur.

– Dans des séminaires sur l'évangélisation et la démocratie, ajoute Calahan. Le pasteur Lemène est un fervent adepte de l'American Way of Life.

Le pasteur nous invite avec insistance à partager une bouteille de vin à son bureau, une vaste pièce sans fenêtre qui a dû servir de dépôt à l'intérieur de ce hangar. Deux ventilateurs encastrés dans des boyaux fixés au plafond envoient de l'air frais de l'extérieur. Une table de travail, quatre fauteuils, une étagère pleine de livres de théologie, de philosophie. Des caisses en bois empilées le long des parois. Le pasteur ouvre un réfrigérateur pour y prendre une bouteille de vin et des verres. Un grand cru français de la région du Rhône. Le pasteur jouit pleinement des plaisirs terrestres avant que les cavaliers de l'Apocalypse ne fassent sonner leurs trompettes. Il fait sauter d'une main experte le bouchon de liège et nous verse la boisson.

– C'est curieux, monsieur Vausier, me dit-il. J'ai l'impression de vous avoir déjà vu dans mon temple.

– Moi ! je m'étonne. J'ai des problèmes de mémoire, mais je vous assure que c'est la première fois que je viens chez vous.

– Je n'ai pas trop la mémoire des visages. Je dois faire erreur. Une personne qui vous ressemble, alors. Avez-vous aimé mon sermon, monsieur Vausier ?

Sans attendre ma réponse, il prend sur sa table de travail un livret qu'il me tend.

– Mon premier recueil de poèmes. J'aimerais que vous le lisiez. Le thème, c'est la décrépitude de notre patrie. Nous sommes la honte de nos ancêtres.

Je n'ai pas à refuser son cadeau dans les circonstances présentes.

– Je fais mon possible pour sauver les âmes. Du moins, celles qui le veulent.

Les caisses empilées m'intriguent.

– Que contiennent ces caisses ?

Calahan me donne un coup de pied à la cheville. Cela me fait assez mal, mais le pasteur ne s'aperçoit pas de la réaction de l'Américain.

– Les jours et les nuits de l'Apocalypse ne seront pas de tout repos, monsieur Vausier.

Ce n'est pas une réponse. Je me contente de feuilleter le recueil de poèmes du pasteur. Dans le temps, un élève du secondaire aurait fait mieux. Calahan insiste à ce moment pour que nous partions. Il a une réunion importante à ne pas rater. Le pasteur me file sa carte de visite.

– Écrivez-moi ou appelez-moi pour me dire ce que vous pensez de mes textes. J'aimerais bien que vous me fassiez l'honneur d'une préface à ma prochaine publication.

Une subtile odeur de métal flotte dans la pièce. En sortant, je remarque qu'une des caisses est endommagée. On voit facilement le canon de fusils d'assaut.

– Pourquoi ne pas m'avoir dit que vous connaissiez déjà le pasteur ?

– Un détail pour l'instant sans importance, me répond l'Américain.

– Vous faites une belle paire, vous et le pasteur, lui dis-je pendant que nous quittons le bas de la ville.

– Votre pays a toujours été une terre de flibustiers et de trafiquants en tout genre. Ni vous ni moi n'y changerons rien.

– Ne comptez pas sur moi pour vous aider. J'aurais dû être arrêté pour haute trahison au seul fait d'accepter votre compagnie.

Calahan sourit.

– Je vous ai quand même sauvé la vie. Racine Carrée ne laisserait jamais en vie celui qui lui a écrit les textes de ses prochaines chansons.

Il n'aurait pas dû savoir. C'est Marie-Lilith qui l'a mis au courant des conditions de ma détention. Calahan me rappelle une chose importante. Je ne serai nulle part en sécurité. Le chef de gang a des accointances avec les plus hautes autorités du pays.

– De toute manière, avec moi, vous ne risquez rien pour l'instant. Qui sait si en m'assistant vous n'aidez pas aussi votre pays.

J'essaie de nouveau en vain de joindre Silfiz au téléphone. Je ne trouve que la messagerie de Max.

– Vous restez donc avec moi, continue l'Américain. Ce soir, on m'a invité à une soirée d'un genre particulier.

Il glousse de plaisir.

– J'apprends de plus en plus à apprécier les chaos de votre pays. Elle est excitante, sa détresse. Elle dégage un parfum à nul autre pareil.

Son regard pétille de joie.

– Pas seulement excitante. Envoûtante.

***

Calahan et moi avons la même corpulence. Il me donne des vêtements afin de l'accompagner à cette soirée. Adriano a pris les devants. Une jeep à immatriculation officielle est venue l'attendre très tôt. Calahan me fait savoir que le ministre tient absolument à ce que le Dominicain y soit présent.

– Le ministre savait qu'il était ici, chez vous ?

– Vous pensez qu'on va me refuser quelque chose ? Le ministre est ce qu'il est grâce à nous. Je ne vous apprends rien, j'espère.

Nous traversons une bonne partie de la ville encore plus déserte que d'habitude. L'insécurité, la pénurie de carburant ont asséché la circulation. Les taxis-motos toujours en activité sont rares. À ces deux causes s'ajoute maintenant la rumeur insistante sur les flammes baladeuses. Il serait impossible d'échapper à leur fureur dévastatrice si on les rencontrait. De toutes les demeures filtrent la ferveur des prières, les invocations à saint Michel archange, derniers remparts contre cette calamité inattendue. On trace partout des cercles, des carrés, des triangles magiques, susceptibles de faire échec à l'avancée des *kanzo*, et plein de charlatans profitent de cette terreur moyenâgeuse pour s'en mettre plein les poches. Le délire se mue en substance réelle avec la crédulité de centaines de milliers d'esprits frustes, que les religions et les mysticismes de divers horizons ont tordus.

Nous avons du mal à trouver une place au parking éclairé par de minuscules lampes solaires incrustées dans le sol. Nous sommes conduits jusqu'à l'espace où se tiennent les réjouissances par un domestique en livrée dont il m'est impossible de déterminer le sexe. Je vais de surprise en surprise. Dans une immense piscine s'ébattent des couples, verre de champagne en main. À chaque angle de la piscine, des préposés déversent des baquets de billets verts dans l'eau. Les femmes se les mettent dans les cheveux, les hommes en prennent des poignées pour se les passer sur le visage, sur la poitrine. Les couples nagent entre les billets avec une félicité mêlée de dédain. Une sirène sort de l'eau, des billets adhérant à son corps de déesse, et je crois voir, l'espace d'un instant, comme la matérialisation là devant moi d'une espèce d'extra-terrestre qu'aucun écrivain de science-fiction n'a imaginée. J'ai vu des scènes où des tarés se servent de billets verts pour fumer du tabac ou de l'herbe, mais une telle quantité de dollars répandus dans une piscine, c'est difficile à imaginer. Un beau spectacle pour fêter la chute du dollar au moment de la montée des BRIC. Un éphèbe nu jailli on ne sait d'où saute de manière grotesque dans l'eau. Quand il réapparaît, il est coiffé d'une perruque de dollars qui lui donne l'aspect d'un robot, bientôt à sa place dans les locaux de la Bourse de New York. Des serveurs poussant devant eux des tabourets à roulettes viennent offrir aux baigneurs de l'alcool. Calahan choisit une table encore libre d'où nous avons vue à la fois sur la piscine et sur une grande salle somptueusement décorée. Des couples dansent au rythme d'une salsa endiablée. Adriano et son ministre se pelotent sur la piste de danse. Quelques-unes des plus grandes fortunes du pays se sont donné rendez-vous ici ce soir. Je reconnais des fonctionnaires influents de la communauté internationale. Inconnus chez eux, anonymes, un matricule dans la machine de leur bureaucratie, ici, ils ont rang de maîtres, presque de demi-dieux devant lesquels se courbe une nation éperdue. Ils en profitent bien, car nombre d'entre eux se font grassement rétribuer pour appuyer des gouvernements félons, le fruit de leur corruption facilement mis à l'abri dans les nombreux paradis fiscaux de la Caraïbe.

– James Calahan ! Je suis honoré de ta présence ce soir !

Un homme, un mulâtre dans la soixantaine, bien en chair, tout de blanc vêtu, lunettes à monture d'écaille avec d'épais verres grossissants, se tient devant nous, verre de whisky en main. Son parfum aux relents trop chimiques m'incommode. Je le reconnais. C'est l'actionnaire principal de l'une des plus grandes banques du pays. Calahan se lève pour lui donner l'accolade. Les deux hommes sont sincèrement heureux de se voir.

– Tu as bravé la nuit port-au-princienne pour être présent. Tu ne vas pas le regretter. Quelques-uns ont eu peur de venir. Comme quoi, ce qui nous reste de sang africain pollue notre raison.

Il éclate de rire.

– Des flammes qui nous punissent, nous carbonisent ! La crédulité de ce peuple misérable prend de plus en plus d'ampleur.

Il s'aperçoit de ma présence.

– Notre célèbre écrivain ! Carl Vausier ! Va-t-il aimer notre soirée ?

Il paraît soudain inquiet.

– J'espère qu'il comprendra que la discrétion s'impose.

Calahan met une main rassurante sur l'épaule de son ami.

– Il y a des frontières que la littérature n'a pas le droit de franchir. Monsieur Vausier le sait.

– Bien sûr, j'appuie, mal à l'aise.

Notre hôte manifeste joyeusement son soulagement.

– Très bien. La fête va prendre sa vitesse de croisière. Voulez-vous un peu de détresse ? On vient d'en recevoir. C'est la meilleure qu'on ait produite à cette date.

– Pas pour l'instant, répond Calahan. Peut-être un peu plus tard.

La piscine est maintenant tapissée de billets de banque. Cela fait monter d'un cran la frénésie des baigneurs. Quatre serveurs toujours en livrée apparaissent, roulant en cadence quatre tonneaux de différentes couleurs, un blanc, un bleu, un vert et un rouge, qu'ils vont ranger sur une estrade basse.

Un journaliste bien connu de la cité, qui s'est enrichi on ne sait comment, annonce au micro ce qu'il appelle le Grand Rallye sodomique du mois. « Nous avons une trentaine de jeunes garçons âgés de quinze à dix-huit ans qui viennent des quartiers environnants. Ils vont tenter de gagner 750, 500, 250 et 200 dollars américains, et la possibilité de repartir chacun avec un iPhone dernier cri. C'est notre manière à nous de leur venir en aide. Trop de pauvreté, de souffrance dans ce pays. Il faut que nous humions cette détresse. Il faut que nous profitions des rives parfumées de cette détresse. » Un tonnerre d'applaudissements salue les paroles du maître de cérémonie qui appelle les « candidats » à se présenter. Les jeunes garçons avancent pour se placer au fond de la salle. Des sifflements admiratifs, excités même, de gens de l'assistance. Ces garçons sont tous habillés à la mode d'aujourd'hui, pantalons moulants, trop courts au-dessus des chevilles, larges ceintures en cuir avec des boucles gothiques, vestes chamarrées ou T-shirts multicolores en dessous de gilets en cuir. Leurs coiffeurs ont fait valoir leur talent avec des coupes calquées dans des revues de mode. « Ces garçons que voici vont venir chacun prendre dans le panier que je tiens un carton avec un numéro. Ne seront retenus que ceux ayant eu la chance, je dis bien la chance, d'avoir tiré les numéros 1, 3, 7 et 10. Les autres candidats recevront chacun 50 dollars comme prime de consolation. » Rires et applaudissements ! J'observe ces jeunes garçons. On sent de l'anxiété dans leur attitude, une attente faite de honte, mais d'espoir également.

Le présentateur fait signe aux garçons de s'exécuter, puis il demande à ceux qui ont les bons numéros désirés de le rejoindre. Les autres doivent se trouver une place dans le jardin ou au bord de la piscine que beaucoup des baigneurs ont désertée. Quelques-uns des jeunes qui n'ont pas été retenus pour la suite du spectacle tentent de récupérer des billets verts mouillés que les baigneurs détachent de leur peau pour les jeter sur le sol. Des préposés à la sécurité, de manière brutale, les leur reprennent pour les remettre dans la piscine.

– Voici nos quatre intrépides finalistes, braille le maître de cérémonie. Devant vous, on va déposer au fond de chaque tonneau l'argent et le téléphone. On va donner le temps à nos candidats de se mettre en condition pendant que les dragueurs se manifesteront. Il y aura un surveillant pour empêcher l'usage de toute substance… facilitatrice. Il faut que tout soit au naturel.

Sous les applaudissements encore, les quatre garçons sortent de la pièce, emmenés par une jeune femme en maillot de bain.

– Qui sont les dragueurs ? je demande à Calahan.

Il ne me répond pas. Il aligne une poudre grisâtre sur une fine baguette plate et aspire le tout par les narines avec une adresse qui témoigne d'une longue habitude. Un serveur vient m'offrir de cette poudre.

– De la détresse, monsieur. Dernier arrivage. La plus pure qui soit. C'est la maison qui offre.

Je perds pied un instant. Un souvenir tente de remonter à la surface. Encore mes troubles de mémoire ! Je ne parviens pas à lui donner forme. Je reviens à moi avec la sensation d'une perte d'équilibre.

– Non ! Je ne prends rien pour l'instant, je balbutie.

On apporte une feuille de papier au présentateur qui ouvre de grands yeux ravis.

– C'est du beau et du grand monde ce soir. L'Organisation des États américains, l'Union européenne, nos amis canadiens. Un ministère ! On tenait à avoir une représentation nationale à ce Rallye. Quatre dragueurs émérites appartenant à ses institutions ! On n'allait tout de même pas, sur cette rive parfumée de détresse, tout laisser à nos amis étrangers.

Je commence à comprendre ce qui va se passer. Les quatre jeunes garçons se présentent nus devant les barils. « À mon coup de sifflet, le Rallye est parti. » Il porte le sifflet à ses lèvres. Les barils sont d'une certaine hauteur et il faut s'étirer, puis se pencher vers l'intérieur pour s'approprier le butin au fond, ce qui donne largement à ceux qu'on a appelés les dragueurs, quatre hommes dans la force de l'âge, également nus, de besogner leur victime. Tous sont bien membrés et prêts pour la bataille. L'un des jeunes garçons hurle de douleur, mais n'abandonne pas pour autant sa tentative de gagner l'argent et le téléphone. J'ai une forte envie de vomir. Je me lève et je m'empresse de demander où sont les toilettes. Un serveur me montre une porte au fond d'un couloir. Je m'y précipite. À peine mon visage penché vers la cuvette des w-c, mon estomac rejette le peu qu'il contient. Mes spasmes sont rythmés par des halètements, des cris, le tout mêlé d'injures provenant de la cabine voisine. Le spectacle d'à côté doit avoir donné des ailes aux désirs de quelques pervers. Je me passe de l'eau sur le visage. Je ne me sens pas mieux pour autant. Pourquoi ai-je accepté de suivre Calahan jusqu'ici ? Ma quête d'une inspiration qui se dérobe ? Lui, il a une raison pour m'imposer sa compagnie. J'entends des applaudissements frénétiques dans la salle. Des cris ! Il est hors de question pour moi de rejoindre l'Américain. Je sors des toilettes et je reste à l'écart, dissimulé derrière une colonne, étudiant le meilleur moyen de m'éclipser. Trois des garçons brandissent fièrement leur liasse de billets et leur téléphone. Ceux des barils 3, 7 et 10. Le 1 s'est effondré à terre, sanglotant, à côté de lui un Blanc, son poing levé en signe de victoire, son sexe encore en érection tel un sabre qu'on brandit. « 5 000 dollars américains à notre ami, Son Excellence Pedro Jimenez. Défenseur émérite du Rallye sodomique ! » Je ne veux rien voir ni entendre de plus. Au moment de me déplacer, je suis glacé de terreur. Un groupe d'hommes vient d'arriver, exhibant sans crainte leurs armes de gros calibre. Parmi eux, je reconnais Racine Carrée, le seul à ne pas être armé. Ce dernier doit faire une féroce publicité pour un styliste à l'esprit plus que tordu. Il porte un chapeau melon aux couleurs nationales avec une plume de pintade, une longue veste de cuir noir en queue de pie pailletée d'or ouverte sur son torse nu toujours orné de colliers et médaillons également en or, un pantalon vert moulant strié d'argent. Il chausse avec un ridicule original une paire de bottes de différentes couleurs qui lui arrivent au genou. Le maître de cérémonie et une femme représentante d'une importante institution internationale souhaitent la bienvenue à la Fédération des gangs. On s'empresse de faire de la place aux nouveaux arrivants. Des serveurs s'activent immédiatement autour des bandits pour satisfaire la moindre de leurs exigences.

Je dois partir d'ici très vite avant que le chef de gang ou l'un de ses sbires ne me repère. Pas question de rejoindre Calahan. Il est trop proche des bandits. L'un des malfrats vient même lui parler. Il se lève, le suit et prend place à la table de Racine Carrée. C'en est cette fois trop pour moi. À quel jeu joue celui qui s'était prétendu au départ journaliste et écrivain avant d'avouer être un agent de la CIA après qu'un inspecteur de police m'a mis la puce à l'oreille ?

Quitter les lieux sans se faire remarquer ! Cela ne va pas être chose facile. Je ne connais pas la configuration de l'endroit. Ce qui m'arrange, toutes les attentions sont dirigées vers les acteurs qui se sont livrés à cet incroyable dévergondage. Le chef de gang et ses acolytes sont toujours en pleine conversation avec Calahan. Ils font sauter les bouchons de trois autres bouteilles de champagne. Se trouvent ici recensées toutes les explications à l'agonie du pays. Pour l'instant, je ne pense qu'à sauver ma peau. Racine Carrée ne me laissera pas m'échapper s'il me découvre. Je doute fort que quelqu'un dans cette assistance jette la moindre larme sur mon cadavre si je suis abattu dans cette villa. Comme je me déplace subrepticement vers la sortie que je juge la plus appropriée, une main m'agrippe l'épaule. Mon cœur cesse de battre. Je me trouve face à face avec le pasteur Lemène, vêtu d'un impressionnant complet mauve, un verre de champagne à la main.

– Vous ! je m'exclame. Ici !

Il me gratifie d'un large sourire.

– Ce n'est pas en fuyant le monde qu'on fait preuve de piété, se défend-il. C'est en côtoyant la débauche, le péché, qu'on prouve à Dieu qu'on a les reins solides.

– Je dois quitter au plus vite ce lieu de perdition, lui dis-je.

Il me prend la main.

– J'ai le même désir que vous. Il ne faut pas pousser trop loin l'exposition au démon. Êtes-vous en voiture ?

– Non… Je suis venu avec Calahan.

– Notre ami est en bonne compagnie. Ne vous en faites pas pour lui. Il doit discuter de choses importantes pour l'avenir de la démocratie.

Satisfait de son mot d'esprit, il m'entraîne à sa suite dans un couloir qui donne sur l'autre côté du jardin. D'ici, on a vue sur la piscine en contrebas. Le pasteur doit être un habitué des lieux, car il s'oriente facilement dans le labyrinthe des sentiers qui serpentent dans le vaste jardin bien entretenu où des conifères nains et des eucalyptus embaument la nuit de leurs effluves. Nous rencontrons des gardes armés qui saluent le pasteur avec révérence. La jeep de l'homme de Dieu est une Mercedes dernier cri. Il lance le moteur à distance. Je suis sidéré par le luxe du véhicule une fois à l'intérieur. Je me sens en sécurité seulement lorsque nous sommes hors de la propriété. Je me lamente faussement.

– J'aurais dû être pasteur.

– Les voies de Dieu sont impénétrables, me lance-t-il le plus sérieux du monde. De quel côté de la ville êtes-vous ?

Je lui donne l'adresse de mon domicile. À cette heure plus que tardive et avec la panique causée par les prétendues flammes qui se baladent, personne du quartier ne remarquera que j'ai regagné mon appartement.

– J'ai toujours l'impression de vous avoir déjà vu au temple, persiste le pasteur.

– Je vous dis que non. Que serais-je venu chercher chez vous ?

– La foi, répond le pasteur sans s'offusquer de mon impertinence.

– Pasteur, de petites confidences ne nuiraient pas entre hommes d'esprit.

Il a un sourire qui dévoile deux rangées de dents blanches comme du lait. Il doit prendre soin de manière névrotique de sa denture. Son mauvais parfum de lavande comme mélangé à de l'encens de cèdre m'écœure.

– Je vous aime bien, monsieur l'écrivain. J'attends surtout vos remarques sur mes poèmes.

– Ces pages blanches sur lesquelles vos fidèles mettent leurs péchés…

– Surtout leur détresse, me rappelle le pasteur.

– Qu'en faites-vous ?

Il me pointe du doigt et ricane tout en conduisant.

– Vous avez bien mis vos péchés sur votre page. Je vous ai observé. Ne niez pas. C'est une forme de catharsis. Vous vous êtes senti libéré d'un poids en avouant vos transgressions. Vous devriez avoir beaucoup à confesser.

– Que faites-vous de ces pages ? j'insiste. Vous ne les envoyez pas au ciel par courrier. Dieu ne prévoit pas un convoi conduit par des anges pour les récupérer.

Son visage se ferme brusquement. Une lueur inquiétante passe dans son regard.

– Il y a des réponses plus dangereuses que les questions, monsieur Vausier. Vous êtes arrivé. Dépêchez-vous d'entrer.

Il m'ouvre lui-même la portière, me faisant comprendre qu'il ne tient plus à ma compagnie. Je descends de la jeep. Avant de tourner la poignée de ma porte d'entrée, je crois voir au bout de la rue une flamme à forme humaine qui fait des mouvements de ballerine. Je n'ai pas bu assez de champagne ni sniffé de détresse pour être en proie à une hallucination. Je ferme à double tour derrière moi. Je m'abstiens d'allumer la lumière. Le lampadaire à énergie solaire de l'autre côté de la rue, par les persiennes, éclaire faiblement le rez-de-chaussée. Une forme bouge sur un sofa que je m'apprête à pousser contre la porte d'entrée. Effrayé, je cherche à m'armer je ne sais de quoi pour faire face à une agression. S'il s'agit d'un soldat que Racine Carrée a laissé chez moi pour me surprendre, je n'ai aucune chance.

– Carl ! Où étais-tu passé depuis tout ce temps ?

– Max ! Je ne m'attendais pas à te retrouver ici !

***

On a barricadé l'entrée, puis on s'est installés dans la bibliothèque. Une fenêtre nous permet d'avoir vue sur la rue. On a prévu un itinéraire pour s'échapper par les toits au cas où les soldats de Racine Carrée reviendraient. Cela peut être aussi des policiers. Un certain nombre d'entre eux sont aux ordres des chefs de gangs. Dans cette cité, surtout la nuit, on ne sait à qui se fier.

– Je m'étais douté que tu avais été kidnappé, me dit Max. Mais il n'y a eu aucune demande de rançon. C'était le black-out total autour de toi. J'ai mis mes informateurs sur le coup. Je n'ai rien obtenu.

Je raconte à mon ami mon passage dans le ghetto aux ordres de Racine Carrée, comment je me suis échappé grâce à Calahan, avec l'aide de la petite amie du chef de gang, contre promesse tenue d'un visa et d'un billet d'avion.

– On peut dire qu'il tient vraiment à toi. Tout cela pour une énigme non résolue de pages blanches.

– Qu'es-tu devenu entre-temps ?

– J'ai fait un rapide voyage à Miami. Quelques jours avec Éliane pour la calmer un peu. J'ai veillé sur mon passeport comme sur la prunelle de mes yeux. Elle aurait pu me le confisquer pour que je ne revienne pas en Haïti. Il fallait que je te retrouve vivant ou mort. Un ami m'a acheté le billet de retour et me voici ici de nouveau. Éliane n'est pas contente. Je te l'assure. Elle réfléchit même au divorce.

– Ira-t-elle jusque-là ?

– J'espère que non, soupire Max. Je l'aime bien, mais ici trop de gens comptent sur moi. Si j'abandonne, je leur coupe les ailes.

– Que va-t-on faire maintenant ?

– Toi, tu dois recommencer à écrire.

Je serre les poings. Impuissance. Frustration.

– Je suis toujours en panne sèche. Même pas capable de tirer de ce que je vis actuellement la substance d'un roman.

– Moi, mes syndicats sont laminés par la corruption. Comment peut-on mener un combat avec des femmes et des hommes qui vivent dans une précarité absolue contre un système ayant à sa disposition tant de moyens de corruption et de violence ?

– L'urgence maintenant est de retrouver Silfiz avec l'enfant. Le seul lien que j'ai avec elle c'est la personne qui me l'avait recommandée. Cette personne est morte il y a trois mois.

– Sais-tu où elle habite ?

– Elle a déménagé plusieurs fois depuis qu'elle est à mon service. Je sais qu'elle a une cousine du côté de Canaan.

– Canaan ! C'est un ghetto labyrinthique. Une multitude de quartiers enchevêtrés déjà gangrenés par des gangs. Sans une piste, impossible de la retrouver. Je vais en parler à quelques contacts. On ne doit pas abandonner l'enfant. Qui sait le sort que Silfiz lui réserve ?

Les propos de Max me font entrevoir le danger. Le danger que ma rationalité peut occulter. La petite fille de cinq ans de Silfiz est constamment malade. L'enfant a consulté plusieurs pédiatres et souvent j'ai payé de ma bourse, espérant une guérison. Les examens médicaux n'ont rien révélé. Parfois, pendant quelques semaines, on a cru à une amélioration de son état, puis ce fut la rechute avec les allers et retours entre les médecins et les charlatans.

– Elle est originaire d'où, Silfiz ? me demande Max.

– De Léogâne.

Léogâne est une petite ville à une trentaine de kilomètres à l'ouest de Port-au-Prince. Max termine sa bière. La seule qui me reste au frigo. Une idée me vient à l'esprit.

– Max ! Je m'aperçois que tout ce que je vis actuellement roule autour des pages blanches.

Max me fixe profondément, jaugeant probablement ma santé mentale.

– Explique-toi.

– Premièrement, une panne d'inspiration, il y a plusieurs années, me force à bâcler la fin d'une nouvelle. Je me débarrasse trop facilement d'un personnage devenu borgne. À ma seconde panne d'inspiration, encore le syndrome de la page blanche, je suis confronté à un personnage semblable dans la vie réelle qui me reproche sa fin bâclée.

– Je t'écoute, dit Max, visiblement sceptique, à la limite même ennuyé.

– Un inspecteur de police prétend que ce borgne est le même que le personnage de ma nouvelle. Vrai ou faux, pour nous, créateurs, ce qui compte c'est la beauté, l'originalité du récit, la consistance du personnage. Le borgne m'accuse d'avoir pris son œil. Je suis obligé de fuir. Je rencontre un Américain qui se prétend journaliste. En fait, c'est un agent de la CIA. Il me pose une énigme. Les pages où auraient dû être écrites ses instructions sont blanches. Je suis capturé par le gang le plus puissant de la ville et son chef met devant moi des pages blanches. Il exige de les remplir avec des textes pour ses chansons.

Max me regarde, effaré.

– Cela, tu ne me l'avais pas dit. Lui as-tu écrit ces textes ?

Je préfère ne pas répondre. Max a tendance à ne pas garder pour lui certains petits secrets gênants.

– Ensuite, l'épisode des pages blanches dans le temple du pasteur Lemène. Des pages blanches distribuées à des centaines de fidèles à chaque service. Ils doivent y écrire leurs péchés, leur détresse.

Max paraît maintenant intéressé.

– Que fait-il après, de ces pages ?

– Quand je lui ai posé la question, il n'a pas apprécié. J'ai vu la colère dans ses yeux. Ce genre de personnages, je les connais bien pour les avoir décrits dans mes romans. Dans son bureau, il y avait des caisses d'armes.

Max se laisse choir dans un fauteuil, les mains sur la tête.

– Les églises sont dans toutes sortes de trafics. Jésus permet d'ouvrir des portes, mon ami. Ces imposteurs des Nations unies ont passé des années ici sous prétexte de stabiliser le pays, d'y établir la paix et la démocratie sous la houlette de nos prétendus amis américains. Sous leur parapluie, a grandi tranquillement le monstre. Sans oublier le choléra qu'ils nous ont refilé.

Il se lève. Il semble avoir vieilli de plusieurs années.

– Retournons voir l'inspecteur Azémar. Tu as raison. Les pages blanches reviennent trop souvent dans ce que tu es en train de vivre. Il pourra nous conseiller sur la manière de nous y prendre pour retrouver l'enfant. Je ne fais pas trop confiance à Silfiz.

De la fenêtre, nous voyons une flamme passer au-dessus des demeures. Une explosion. La lueur d'un puissant incendie.

– Qu'est-ce que c'est ! s'inquiète Max.

– Le Feu est en marche. L'avant-garde de l'Apocalypse. C'est ce qui se raconte partout.

Max a un rire faux.

– Essayons de dormir et ne faisons pas nôtres ces propos d'esprits grossiers. Reposons-nous. Demain est toujours plus rude, plus incertain.

***

Dans un quartier où l'on réside depuis un certain temps, on devient familier avec tous les habitants, à moins qu'on ne cultive un esprit malsain de caste ou de classe. Mais, dans cet océan de détresse où s'abîme la cité, il n'est plus facile de savoir qui est qui et qui fait quoi. L'histoire de cette mère de famille modèle, évangéliste militante de surcroît, avec un vieux vicieux, que m'a révélée Silfiz, a ébranlé le peu de confiance que je faisais encore au genre humain. J'en avais vu, mais un dernier coup peut vous envoyer au tapis. C'est presque mon cas. Juste pour dire comment il est difficile pour moi de savoir au moment de sortir le lendemain matin quel est le niveau de sécurité dans cette rue que nous devons forcément emprunter. Des gens vaquent à leurs occupations coutumières. Je les connais tous, mais n'importe lequel d'entre eux peut être l'informateur d'un gang. Avec une dérisoire somme d'argent, on s'achète désormais des consciences. Après un moment d'hésitation, je conclus que, s'il faut tenir compte de cette raisonnable méfiance, on devra se terrer dans un trou et se laisser mourir d'inanition. Ce qui est certain : aucun soldat de Racine Carrée ne se trouve dans les parages. Max et moi montons à deux sur un taxi-moto, direction le commissariat de la ville. Comme la dernière fois on accède facilement au bureau de l'inspecteur. Il n'est nullement gêné de nous recevoir avec une bouteille d'alcool déjà entamée posée devant lui. Il ne daigne pas enlever ses lunettes noires, ce que je trouve bien de sa part. Il nous indique le seul fauteuil devant sa table de travail.

– L'État fait des économies. Il faut accepter ces désagréments, somme toute, anodins.

On croirait presque au sérieux de ses propos. Max me concède le fauteuil.

– Monsieur Vausier, j'ai su que vous avez fait un tour chez Racine Carrée.

Comment l'a-t-il appris ? Il doit lire l'étonnement sur mon visage.

– Notre police est assez bien informée. Si les politiques n'étaient pas aux amours avec les bandits, la question de l'insécurité serait réglée. Et puis Calahan m'avait mis au parfum. Je lui avais recommandé de faire tout son possible pour vous sortir de là. Lui, il a les coudées franches. Ce qui compte, c'est que vous soyez avec nous, en vie. Que me vaut cette seconde visite ? Votre personnage est-il revenu vous harceler ?

– Croyez-vous vraiment que c'est mon personnage, inspecteur ?

– Et si cette histoire que nous vivons, vous étiez en train de l'écrire en ce moment ?

– Faux, je réplique. J'aurais déjà eu les réponses.

– Vous avez admis être en panne d'inspiration. Vous pouvez être en création sans le savoir. Le moment venu, vous noircirez vos pages blanches.

Max intervient pour éviter que cette conversation prenne un autre tournant.

– Justement, inspecteur. C'est pour des pages blanches que nous sommes aussi venus vous voir. Connaissez-vous le pasteur Lemène ?

– Mon travail m'oblige à m'intéresser à certaines personnes, répond l'inspecteur sur un mode que je juge prudent. Nous, de la police, du moins ce qu'il en reste, ne pouvons aller trop loin. On marche sur des œufs.

Il porte la bouteille à sa bouche et boit une gorgée. Un policier alcoolique qui ne cache pas son vice en pleine fonction, c'est quand même exceptionnel.

– Les bandits sont partout. Le pasteur fait du trafic d'armes. Disons qu'il utilise la franchise douanière que lui a octroyée l'État pour se faire un paquet de fric. Les armes ne sont pas à lui. C'est une pratique courante.

– Vous laissez faire ! je m'étonne.

– Je vous dis que les bandits sont partout, explose le policier.

Son visage est révulsé de fureur. Avec un mouchoir sale, il essuie son front. Il enlève ses lunettes noires, ferme les yeux et respire profondément pour se calmer.

– Même de ma bouteille, je me méfie. De toute manière, vous n'êtes pas venu pour les armes.

– Pour les pages blanches que le pasteur Lemène donne à remplir à ses fidèles.

L'inspecteur se fige derrière sa table de travail. Sa main caresse la bouteille, mais il s'abstient de boire. Il remet ses lunettes noires.

– Il ne les donne pas à ses fidèles, rectifie-t-il. Il les vend un dollar américain.

– Savez-vous ce qu'il fait de ces pages blanches, inspecteur ? Les envoie-t-il au ciel ? Les brûle-t-il ?

– C'est le secret le mieux gardé de ce pays depuis quelques semaines, répond l'inspecteur. Il n'est pas question, bien sûr, ni d'envoyer ces pages au ciel ni de les brûler. Chaque semaine, une escouade armée récupère ces pages blanches. Où va-t-elle avec cette cargaison ? Qu'en fait-on ? J'essaie toujours de le savoir. Je sais seulement que nous sommes là sur un terrain dangereux.

Il se lève de son fauteuil. Veut-il mettre fin à notre entretien ?

– Nous sommes dans un univers qui s'effrite, monsieur Vausier. Nous ne sommes pas trop certains au moment où nous parlons si nous sommes réels ou des personnages d'une histoire qu'on est en train d'écrire. Ne soyons pas seulement les témoins de ce moment. Nous voici à l'aube du grand basculement. Le Feu se promène dans la cité. Pour l'instant, il est aveugle et sourd. C'est sa fureur qui le mène. Il faut tenter de l'apprivoiser, pour qu'il reconnaisse les lieux à nettoyer, à purifier.

– Laissez-moi vous exposer mon plan, dit Max. Il est simple. On entre au temple du pasteur Lemène. On emporte toutes les feuilles blanches remplies par les fidèles avant que cette escouade ne vienne les récupérer.

– Comment va-t-on s'introduire au temple ? je questionne.

– Ce n'est pas le problème, intervient le policier. À quoi vont nous servir ces pages ? Ce sont des milliers. Plusieurs dizaines de boîtes. On ne va pas les lire tout de même.

– On dégage toutes les boîtes pour les mettre en lieu sûr, continue Max. Comme ces pages sont importantes pour quelqu'un, vu que cela nécessite une escouade armée pour les récupérer, il devra se manifester.

– On ne va pas crier sur tous les toits que nous nous sommes approprié ces pages, objecte le policier.

– On laissera un numéro de téléphone pour que celui ou ceux à qui sont destinées ces pages nous appellent en vue de négocier, explique Max. En discutant avec eux, nous aurons des pistes pour comprendre à quoi elles servent.

– Ceux qui sont derrière cette bizarre affaire prennent leurs précautions, fait remarquer l'inspecteur. Ces pages semblent effectivement précieuses, mais pas pour Dieu ni pour le pasteur. Lui, il ne fait que les vendre. Il se fout totalement de ce qu'on peut faire des péchés et des transgressions de ses fidèles.

Il se sert une fois de plus à sa bouteille. Je me demande comment, alcoolique qu'il est, il a pu garder son grade et son poste. Mais son défaut n'était qu'une corruption minime au regard de l'immensité de la déchéance de l'institution.

– Ce qui est quand même intéressant, c'est l'application qu'il met à pousser ses fidèles à remplir les pages blanches, continue-t-il.

Je renforce les propos du policier.

– Comme si la valeur de ces pages augmentait avec l'intensité de la détresse de ses fidèles.

Ma remarque a comme figé l'inspecteur sur son fauteuil.

– Peut-être que dans vos propos se trouve la réponse à l'énigme des pages blanches, dit-il, l'air pensif.

– Que pensez-vous de mon plan ? demande Max.

– Il est correct, opine le policier. On va les forcer à bouger, à sortir de leur tanière. Cela peut être dangereux. Prenez-vous le risque ?

– C'est de moi le plan, lui rappelle mon ami.

Je soupire.

– Moi, je voudrais bien vivre en vrai une histoire qui ne soit pas dans un roman.

J'ai encore l'impression, seulement l'impression car le policier louche, qu'il me fixe bizarrement.

– Très bien, dit-il. Ils récupèrent, le lundi à 21 heures, les boîtes de pages de la semaine. Nous sommes samedi. J'arrange notre escapade au temple pour demain soir dimanche. Le temple n'est quasiment pas gardé. Qui s'aviserait de cambrioler la maison du Seigneur même en ces temps de débandade généralisée ? Ce sera plus tranquille. Moins de monde dans les rues. Moins de patrouilles de police.

– Avec le Feu en vadrouille dans la cité, on ne risque pas d'avoir du monde à nous observer, j'ajoute.

L'inspecteur me fusille du regard. Du moins, je le crois.

– Le borgne vient de votre imagination. Qui nous dit que ce n'est pas la même chose pour le Feu ?

***

Canaan ! Comment a-t-on eu l'idée d'appeler un tel lieu d'infortune Canaan ? Je n'aurais jamais dû me trouver ici, même si je suis en compagnie de Max. Il a réussi à dénicher un ami à lui, syndicaliste résident de cette fourmilière humaine, pour nous guider dans les méandres de ces quartiers poussés comme de la mauvaise herbe au nord de la capitale. Nous pouvons dire merci au président d'alors ainsi qu'à Bill et Hillary Clinton qui ont piloté une prétendue reconstruction de la capitale après le séisme de 2010. Une fabuleuse arnaque ! Des millions de dollars envolés, disparus. La détresse de ce peuple est une mine d'or attirant tous les flibustiers de la planète. Des affairistes complices de hauts fonctionnaires et de vautours des milieux d'affaires ont eu la juteuse idée de lancer des lotissements frauduleux dans ces zones arides à la sortie nord de Port-au-Prince. Des milliers de sans-abri après le séisme s'y sont précipités. Une aubaine, pensaient-ils.

Pour pas cher, on pouvait s'acheter ou louer un petit lopin de terre sur lequel, pour commencer, on plantait une tente, on étendait un prélart sur trois ou quatre piquets avant de faire venir sable, ciment, blocs ou tôles pour la construction de demeures précaires. Sauf que, souvent, ces terrains étaient vendus à deux, trois, quatre personnes à la fois. Notaires filous, avocats gredins, agents chenapans des impôts, tout le monde trouvait son compte dans une gigantesque combine sur laquelle le gouvernement, contre certainement des dividendes, fermait les yeux. Les acheteurs aux reins plus solides, possédant de bonnes relations dans la police ou dans les gangs, s'installaient manu militari sur les terrains acquis, chassaient les citoyens sans appuis qui ne prenaient pas le risque d'aller se plaindre auprès de ceux qui leur avaient vendu ces terres. Parfois, les armes chantaient jusqu'à ce que mort s'ensuive. La population, s'imposant à la curée, s'était approprié en masse un lot important de terrains et en quelques nuits s'élevèrent, on ne sait comment, des constructions parfois en dur. Sur la route nationale, des véhicules débarquaient en continu meubles, lits, appareils ménagers, etc. En moins d'un an, Canaan palpita au rythme de nos abandons, de nos mépris, de notre détresse et de notre folie. Pas de plan d'urbanisme. Pas de présence étatique. Pas de présence policière. Pas d'eau courante. Pas d'école. Pas une unité de soins de santé. Seules les églises pullulèrent partout comme si ces terres, s'étant abreuvées si rapidement de sang, étaient saintes. Le banditisme s'installa sans que cela ne préoccupe l'État.

On entre à Canaan comme on arrive en enfer. Avec la douloureuse sensation de laisser derrière soi, définitivement, le monde de Dieu, du moins celui qu'on prétend qu'Il a créé, pour fouler les terres de la malfaisance, de la détresse, de la misère, de l'oubli, de la violence. On passe la frontière avec le vertige de surgir dans un lieu où tout est permis, toutes normes périmées. La vie, ou ce qu'il en reste, est suspendue à un fil, car n'importe qui peut vous l'ôter d'un coup de poignard ou d'une balle de revolver. Il suffit d'un geste, d'un regard mal interprété pour qu'on vous accuse d'être un *toutè*, un espion à la solde d'une bande rivale, mais pas de la police qu'on n'a jamais vue en ces lieux depuis qu'un abruti a pensé baptiser l'espace des premières habitations « Canaan ». Comme on passe forcément d'un quartier à un autre sous le contrôle de bandes différentes, on a intérêt à se fondre dans la foule, ne rien dire, ne faire aucun geste, ne tenir aucun propos susceptible de se faire remarquer.

Paul, le contact de Max, nous a bien mis en garde contre les dangers de Canaan. Max et moi sommes habillés en conséquence. On marche parfois dans des allées bétonnées, projets d'ONG ayant œuvré le temps d'un éclair dans la zone. Nous nous enfonçons de plus en plus dans la fournaise de Canaan. Les petits commerces fleurissent sur le pas des portes des taudis. Les odeurs de friture et d'immondices qui s'accumulent nous suffoquent. On croise des files de femmes, parfois très jeunes, même des enfants, qui reviennent, je ne sais d'où, avec des seaux ou des bidons d'eau en équilibre sur la tête. Paul nous apprend que des camions citernes vendent une eau à peine potable à l'intérieur de la cité, activité lucrative contrôlée par les gangs. Il faut faire attention aux taxis-motos qui circulent dans ces venelles en jouant furieusement de l'avertisseur. Trois motocyclistes nous frôlent presque. Ils transportent à l'arrière des jeunes brandissant des fusils d'assaut. Paul ne dit rien. C'est pour lui, résident de la zone, spectacle coutumier. Ce qui nous menace tous quand l'enfer devient notre univers quotidien.

Ceux qui se la coulent douce, dans les belles villas, dans les beaux restaurants et les hôtels de luxe, ignorent ou font semblant d'ignorer Canaan. Mais c'est pour eux un marché important et un capital lié au nombre d'âmes qui peuplent ces bidonvilles. Des gorges asséchées par la soif, des ventres qui doivent de toute manière se nourrir, des sexes dévorés la nuit par le feu d'un désir qui est un baume sur les plaies de la faim, de la frustration, de la haine. Il faut se vêtir, envoyer les enfants à l'école même si ce sont des semblants d'écoles. Ces âmes sont aussi des cerveaux à manipuler par certaines publicités pour porter les pauvres à désirer des gadgets de la société de consommation occidentale, comme des téléphones portables derniers modèles pour lesquels filles et garçons parfois se prostituent. Sans compter la clientèle des politiciens, réservoir de votes achetables avec des sacs de nourriture provenant d'ONG, d'églises ou d'institutions internationales, avec des armes aussi. Aujourd'hui les bandes armées de Canaan sévissent sans crainte sur les deux routes nationales reliant le nord au centre du pays. Partout s'affichent le désastre et l'imposture qu'a été pendant des années la présence des Nations unies dans le pays. Pour la peine, les riches n'ont plus accès à leurs villas sur la côte où jouir des plages, à moins de s'y rendre en véhicules blindés ou en hélicoptère. Mais les gangs ont les moyens de les inquiéter si bien que la belle société fait pour le moment son deuil de ses bacchanales au bord de la mer.

Paul nous fait signe qu'on arrive à destination. Il nous montre une maison basse dont une partie est couverte de tôles. Un petit commerce, d'ails, d'oignons, de pâtes alimentaires, d'huiles et de sucreries diverses comme des bonbons de différentes saveurs, est tenu par une petite fille d'une dizaine d'années assise sur un banc. Elle est vêtue de haillons, ce qui détonne avec ses cheveux bien coiffés en tresses chutant de manière ordonnée sur ses deux épaules maigres.

– Tania est-elle là ? lui demande Paul.

Notre accompagnateur s'étant adressé à elle sans le bonjour obligatoire, la petite s'en offusque. Paul sourit et s'excuse.

– Elle vous attend, dit la fillette, brusquement indifférente à nos personnes, un client venant de s'arrêter devant son commerce.

Nous avançons entre les sacs de ciment et les blocs des deux pièces en construction. Paul frappe à la porte d'entrée. Une voix exige de s'identifier. Paul s'exécute. On nous ouvre. Une fillette, la réplique de l'autre, nous dit d'entrer et de nous asseoir. Des jumelles ? Mais celle-ci est habillée d'une belle robe en soie bleue. Elle est chaussée d'escarpins immaculés, sans une trace de poussière. Ses cheveux non coiffés sont cependant d'une saleté repoussante. Elle s'empresse de disparaître derrière un rideau qui dissimule une entrée.

– Étrange, dis-je à Max.

– Cela n'augure rien de bon, renchérit mon ami. Le bébé, avec Silfiz, n'est pas entre de bonnes mains.

– Pourtant, je continue à lui faire confiance. Elle est à mon service depuis des années. Je n'ai rien à lui reprocher.

– Il y a un dicton qui dit qu'un animal acculé mord.

Mon ami a raison. Cela ébranle ma conviction somme toute bien fragile que Silfiz prendra soin du bébé. Nous sommes dans un petit salon où il n'y a plus de place pour qu'on puisse se mouvoir sans se heurter à quelque chose. On y trouve de tout. Des meubles apparemment neufs encore dans leur emballage en plastique, deux grandes étagères en bois avec des bibelots en porcelaine représentant des animaux, une télévision plate de 58 pouces, fixée au mur. Un grand réfrigérateur trône dans la pièce comme si le propriétaire des lieux n'avait pas d'autre espace pour l'installer. La zone est pourtant dépourvue d'électricité. De l'extérieur, je n'avais observé aucun panneau solaire.

– Asseyez-vous, dit une voix de femme.

Elle s'est adressée à nous, mais nous ne la voyons pas pour l'instant. Nous parvenons à prendre place sans rien déranger de ce capharnaüm. Il fait plus chaud ici qu'à l'extérieur. Je suis surpris de découvrir un climatiseur au mur, un ventilateur au plafond dont les pales n'ont peut-être jamais tourné. Le ou les propriétaires doivent se satisfaire de tout posséder même si pour l'instant rien n'est en mesure de fonctionner. Avec ce que contient cette pièce, sorte de caverne d'Ali Baba, on aurait pu acheter un système complet d'énergie solaire.

Une femme sans âge, vêtue d'une longue robe jaune, les bras et les poignets bardés de bracelets et de foulards de différentes couleurs, apparaît. Elle se déplace avec aisance dans cette pièce encombrée. Elle prend place dans un fauteuil sans nous saluer, sans nous tendre la main, ce qui est signe d'hostilité. Son regard se fixe sur moi.

– C'est toi, monsieur Vausier ?

J'acquiesce de la tête.

– Silfiz m'a montré ta photo. Elle dit que tu écris des livres. Au début, elle pensait que c'était toi qui mangeais son enfant.

– Moi ! je m'exclame, surpris et choqué.

Max a un petit rire.

– Sa fille a commencé à être malade quelques semaines après avoir pris du service chez toi, explique la femme. Elle est venue me consulter. Je l'ai convaincue que tu n'étais pour rien dans cette maladie. Sa fille est la proie d'un esprit familial. On ne sait pas ce qu'il veut et…

– Où est Silfiz ? je l'interromps. Je lui ai confié un enfant.

– Sa fille a fait une crise aiguë. Elle a dû l'emmener.

Je lui fais comprendre que la santé de la fille de Silfiz m'a toujours préoccupé. J'ai souvent donné à Silfiz de quoi exécuter des prescriptions médicales parfois onéreuses. Mais maintenant, c'est le bébé qui m'intéresse.

– Je veux reprendre l'enfant.

– Je comprends que tu as fait un long chemin pour venir jusqu'ici. Je ne sais pas où se trouve Silfiz.

– Êtes-vous certaine que vous ne savez pas où elle a emmené sa fille ?

Elle hausse les épaules.

– Comment puis-je savoir ? Elle ne me dit pas tout. Elle croit en Maman Marie et me considère comme la femme du diable, ce qui ne l'empêche pas de recourir à mes services quand cela va très mal pour elle. Elle était là avant-hier. Sa fille a été prise de convulsions. J'ai même cru qu'elle allait mourir au cours de la nuit. Elle a survécu. Au petit matin, Silfiz a appelé un taxi-moto, puis elle est partie avec les deux enfants.

Elle ne ment pas. Je sais quand quelqu'un dit ou non la vérité. Je me trompe rarement. C'est dû à ma longue pratique de construction de personnages.

– Connaissez-vous le conducteur de taxi-moto qui l'a emmenée ?

Elle a une quinte de toux, une main devant ses lèvres trop fardées à cette heure du jour.

– Cet enfant, en es-tu le père ?

– Non. Pourquoi cette question ?

– Alors, laisse Silfiz tranquille. Sa fille a bien le droit de vivre.

– Que voulez-vous dire ? je la questionne agressivement. Je n'en veux pas à sa fille. Je veux l'enfant que je lui ai confié.

Elle se lève sans répondre à ma question.

– Pour le conducteur du taxi-moto, je ne saurais te dire.

On ne tirera rien d'elle. Elle prend congé de nous. Nous sortons de la pièce sans qu'elle daigne nous reconduire comme le veut l'usage. Dehors, mû par une soudaine intuition, je vais vers la petite fille assise devant son étal si mal pourvu. Je lui achète un paquet de bonbons.

– Tu aurais dû être habillée aussi bien que ta sœur, lui dis-je.

Elle sourit sans rien répondre. Un sourire qui laisse entrevoir une grande tristesse. Je lui donne deux billets de mille gourdes.

– Tiens ! C'est pour toi. Économise pour t'acheter une belle robe.

Elle ouvre de grands yeux, s'empare des billets et les fait prestement disparaître dans une poche de ses hardes.

– Sais-tu où se trouve Silfiz ?

Elle secoue négativement la tête.

– Hier matin, quel conducteur de moto a-t-elle pris ?

Elle n'hésite pas.

– Ti-Tony. C'est toujours lui qu'elle appelle.

– Où peut-on le joindre ?

– À la station. À la première sortie de Canaan. Ne dites rien à Silfiz, monsieur, ni à Ti-Tony.

– Je ne lui dirai rien, et n'oublie pas. Économise et achète-toi une belle robe.

Je lui passe une main affectueuse sur la tête, puis je fais signe aux autres qu'on doit s'éloigner rapidement d'ici. Je ne veux pas que cette petite fille ait des comptes à rendre.

– Qu'allez-vous faire ? me demande Paul.

– Convaincre ce conducteur de m'amener à Silfiz.

Max intervient.

– Carl ! Les conducteurs de taxi sont très discrets sur leurs clients et leurs destinations. C'est pour eux un moyen de survie.

– Votre ami a raison, dit Paul.

– En plus, nous avons un rendez-vous important avec l'inspecteur, me rappelle Max.

– J'ai encore le temps de récupérer l'enfant.

– Je vais vous conduire à la station où devrait se trouver Ti-Tony, décide Paul. Espérons qu'il soit là. Les clients se font rares avec les prix des courses qui ont doublé, voire triplé. Vous devriez lui donner une bonne raison et payer plus que pour une course habituelle.

On fait le chemin en sens inverse sans encombre. La station de taxis-motos se trouve à la lisière de la nationale. Une dizaine de motos sont alignées le long d'un talus. Les conducteurs devisent près de l'étal d'une marchande de boissons. Elle vend de la bière, du rhum, des compositions à base d'alcool de canne, d'écorces, de racines ou de feuilles. Paul s'approche de l'un des motocyclistes et lui parle à l'oreille. Il revient vers nous avec un jeune homme trapu, en tenue de débardeur, crâne rasé, boucle aux deux oreilles.

– Ti-Tony ! Mon ami Carl a un service à te demander. Tu peux lui faire confiance.

– Si je n'ai affaire ni à la police, ni aux bandits, il peut compter sur moi, dit Ti-Tony. Le tarif sera élevé. On ne trouve plus d'essence.

– Tu as emmené ma sœur Silfiz hier matin avec deux enfants. Je dois lui remettre une importante commission. Il en va de la vie de sa fille.

Il réfléchit un moment, me fixe droit dans les yeux pour savoir s'il peut me faire confiance.

– Ce sera cinq mille gourdes. Silfiz ne doit pas savoir que c'est moi qui t'ai conduit jusqu'à elle.

Il n'y a pas lieu de discuter.

***

Le trajet dure presque deux heures. Jamais durant ces derniers mois je n'ai pu aussi bien constater la décrépitude de Port-au-Prince, la déchéance de ses habitants qui ne parviennent plus à jongler avec les exigences d'une précarité de plus en plus aiguë. Le soleil n'éclaire qu'une cité fragmentée, ficelée dans une poussière permanente alimentée souvent par la fumée des pneus brûlés et des immondices qui s'empilent jour après jour dans les rues. Dans certains quartiers, les chiens et les porcs se battent pour ce qui reste d'un cadavre de citoyen abattu par un gang ou par la police. Les services de la voirie ne fonctionnent plus. La ville attend frénétiquement la nuit pour pouvoir se draper pudiquement dans son manteau d'obscurité. Le jour, il lui est impossible d'éviter les regards. Elle doit croire encore qu'il existe des hommes et des femmes capables de s'indigner de son état, de verser des larmes sur le sort des enfants de rue devenus chair à canon, des filles qu'on viole sur les trottoirs derrière les carcasses de véhicules, des prisonniers qui meurent de faim, des fous qui se multiplient comme si une espèce de virus virulent sévissait dans les artères de la cité, surtout dans les lieux où œuvrent ceux qui ont pourtant à charge la vie et les biens de la nation.

Il faut quitter la capitale par un sentier dans la montagne, torrent à la première averse à en juger par les crevasses qui la cisaillent. Véhicules et motos rivalisent pour s'approprier le moindre espace de cette voie cahoteuse et progresser. Les embouteillages y sont fréquents. Il suffit d'un véhicule en panne pour que pendant des heures tout s'immobilise. Des files interminables de piétons parmi lesquels de nombreux ouvriers travaillant pour une misère dans les manufactures américaines empruntent aussi cet itinéraire, évitant ainsi la seule voie à la sortie sud de la capitale tenue par des gangs qui rançonnent, kidnappent, leurs soldats, souvent des enfants, assassinant au gré des convulsions induites par l'herbe et le mauvais alcool qu'ils consomment.

Si le chemin est exécrable, le paysage de la montagne reste sublime dès que le cancer des constructions humaines s'estompe. La vue sur la ville est époustouflante. De loin, en hauteur, la cité donne le change avec ses avenues bien tracées et ses îlots de verdure. La beauté de la ville réside encore dans sa manière bien à elle de courtiser la mer le long de la baie. La magie de la vue sur la montagne et sur la ville disparaît dès qu'on redescend sur Fontamara, la banlieue sud-ouest de Port-au-Prince. On replonge dans un chaos encore plus poisseux. Ti-Tony doit payer une redevance à deux postes tenus par des bandits. Un gang a toute la zone sous sa coupe, mais avec des pratiques moins violentes que ceux qui contrôlent la sortie sud de la capitale. Nous sommes enfin sur la nationale. La chaussée, non entretenue depuis des années, a été en partie arrachée par les eaux de pluie. Le bassin versant a été littéralement déboisé pour laisser place à un amas de cités dortoirs. En amont, les canalisations ont été obstruées par les déchets de cette population non prévue dans des aires auparavant protégées. Je ne sais comment le motocycliste évite les ornières, les crevasses et même les bouches d'égout sans couvercle devant se trouver sous les mares d'eaux boueuses que la machine traverse. Il a dû développer un sixième sens dans la pratique de son métier.

Plus on s'éloigne de la ville, plus la dégradation s'estompe sans toutefois disparaître. Les hommes sont devenus des parasites qui grignotent sans cesse la nature. Moins nombreux ils sont dans un espace donné, plus ce lieu conserve son innocence, sa verdure, sa beauté. Cela m'attriste de constater les dégâts irréparables que nous causons à notre environnement. Notre suicide ne concerne malheureusement pas que nous. Nous entraînons dans notre perte la planète, et nous n'en sommes que plus condamnables.

Au moment où, sur la moto, mes douleurs et mes crampes se font insupportables, Ti-Tony tourne sur un sentier en terre battue bordé de cactus. Il arrête sa machine après la descente d'une pente caillouteuse assez raide, ce qui m'a apeuré, car les freins de la machine crissaient tant que je craignais qu'ils ne lâchent. Il me montre du doigt une case. Sur le toit flottent plusieurs drapeaux. Un temple vaudou !

– Elle devrait être ici, m'annonce Ti-Tony.

Je descends de la moto. Je compte cinq mille gourdes que je donne au jeune homme. Je lui suggère de m'attendre. Il refuse. Si j'ai l'argent, je trouverai facilement un autre taxi-moto pour me ramener à la capitale, me rassure-t-il. Je le remercie. Il s'empresse de partir. Je m'avance vers la case. Qu'est venue faire Silfiz dans un temple vaudou ? Elle est une fidèle du mouvement charismatique, ne jurant que par Marie, la mère de Jésus. C'est presque compréhensible qu'elle s'adresse parfois à une parente vodouisante. Je l'ai souvent rabrouée pour ses opinions incendiaires contre ceux qui pratiquent nos rites ancestraux. J'ai vainement tenté de lui faire comprendre, ou à défaut soupçonner, le plan caché de ces Églises américaines qui est d'anéantir les cultures nationales, et la mise au pas des peuples dans le village global qui se construit sous l'obédience de la nouvelle Rome : Washington ! C'est chose compliquée pour ma servante. Le lavage de cerveau opéré par les Églises se sert d'un discours simple, mieux rodé, qui prend en compte intelligemment cette peur, malheureusement le quotidien de la population dans l'univers vaudou. Peur perpétuelle de l'autre qui peut s'en prendre à vous pour les raisons les plus anodines, par jalousie, frustration ou tout simplement par gratuite méchanceté.

La barrière en bois donnant sur la cour de la case est grande ouverte. Une chaise basse en bois au milieu de l'entrée. Je ne vois personne. Deux chiens faméliques dorment sous un goyavier dont les fruits murs acidulent l'air de leur fragrance pénétrante. Je progresse. Les bêtes se réveillent et viennent vers moi sans manifester la moindre agressivité. J'entends les pleurs d'une femme entrecoupés de courts silences. La porte de la case est ouverte aussi. C'est comme si on attendait ma venue. Curieusement, cela ne m'inquiète pas. J'entre dans une pièce éclairée par une multitude de bougies. Une petite fille que je connais est étendue sur un lit recouvert d'un drap d'une parfaite blancheur. La fille de Silfiz ! Du premier regard, je comprends qu'elle est morte. Son immobilité est celle d'une statue. Son visage reflète une sérénité totale, celle peut-être d'avoir enfin quitté ce monde de souffrance et de détresse. Silfiz est assise sur un banc, le bébé sur les bras. Elle le berce avec une tendresse infinie. Dans un flot de pleurs, elle relève la tête et m'aperçoit. Elle se met debout, vient vers moi pour me tendre le bébé.

– Je n'ai pas pu, monsieur Vausier. Je n'ai pas pu.

Je prends le bébé. Silfiz se laisse tomber à genoux devant moi.

– Pardonnez-moi, je vous prie. C'était ma fille. La laisser mourir, sans rien tenter, m'était impossible.

– Je crains de comprendre, lui dis-je. Mais relève-toi. Je compatis à ta douleur.

Elle se relève et va se rasseoir en face du cadavre de sa fille.

– Magguy a eu une crise plus violente que d'habitude. Le médecin m'a avoué son impuissance. Il m'a conseillé de prendre un autre chemin. Tania a tout essayé.

Chez nous, prendre un autre chemin signifie délaisser la médecine officielle et s'aventurer dans la nébuleuse des médecines alternatives et des sorcelleries. Passé la frontière, plus de règles ! On est à la merci de n'importe qui, de n'importe quoi. Certains ont pourtant trouvé la guérison de maladies qui tiennent en échec la médecine officielle. D'autres ont pu survivre à des empoisonnements qui gangrènent le corps et l'esprit. Ce qui est certain, c'est que l'ange noir du mal étend puissamment ses ailes dans ces territoires comme si Dieu veut faire payer chèrement ceux ou celles qui tentent d'échapper à la ligne du destin qu'Il leur a tracée.

– On m'a recommandé d'emmener Magguy ici. Pour échanger sa mort contre celle du bébé. J'ai accepté. Au dernier moment, je n'ai pas pu, monsieur Vausier. Ce bébé est innocent.

Elle pousse un hurlement. Un cri charriant sa détresse, un cri modulé par ses tripes de mère qui se tordent, s'arrachent, s'agrippent à ses viscères dans un désir de se venger peut-être de son impuissance.

– Magguy est innocente aussi, monsieur Vausier. Où est Marie que j'ai tant priée, tant adorée ? Où est-elle ?

J'aurais voulu la consoler, la câliner, lui dire qu'elle peut revenir chez moi reprendre du service, mais surtout pour continuer à prendre soin du bébé. Il me faut bien quelqu'un pour remplacer la mère. Je ne lui ai pas encore donné de prénom, à cet enfant. Le nom s'impose à moi. Elle s'appellerait Noée. Pour avoir été sauvée, pas une fois, mais deux fois. Pas par Dieu, mais par Max et moi. Un Dieu en deux personnes ! Je me reproche d'avoir pensé à confier de nouveau ce bébé à Silfiz après ce que je viens de voir et d'apprendre. La mort de sa fille serait toujours entre nous. Elle se reprocherait toujours de ne pas avoir été assez forte pour je ne sais quel sacrifice et sauver Magguy en échange de Noée. Silfiz doit sans doute deviner les sentiments qui m'agitent.

– Allez-vous-en, siffle-t-elle entre deux sanglots. Allez-vous-en avant que je ne change d'idée. Il peut encore vous prendre l'enfant.

Elle me tend une boîte d'allumettes.

– Prenez-la. Il y en a seulement trois. Vous en aurez besoin.

Il y a une urgence, une menace aussi dans son geste. J'accepte la boîte et la glisse dans une poche de mon jean. Je sors de la chambre, tenant l'enfant avec précaution. Les deux chiens cette fois grondent en me voyant. Comme je me dirige vers la sortie, ils aboient furieusement. Un vieil homme est assis maintenant sur la petite chaise qui retient un pan de la barrière. Il est aussi décharné qu'une momie. Ses cheveux font penser à de la laine de mouton. Il a une pipe en main. Comme je le salue en passant devant lui, je suis retenu par une main ferme, invisible pourtant. Le vieillard me demande si je n'ai pas du feu. Je lui dis que non. Il a un petit rire grinçant.

– C'est malheureux pour toi. Si tu ne m'allumes pas ma pipe, tu ne partiras pas avec cette jeune âme.

Je pense à la boîte d'allumettes que m'a remise Silfiz. Je la prends d'une main tremblante dans ma poche. Le vieillard approche son visage pour que la pipe soit à ma portée.

– Ce n'est pas du tabac que vous avez là, je remarque.

– Qu'est-ce que cela change ? réplique le vieillard. C'est de la détresse. Un client m'en a apporté quelques grammes de la ville. C'est encore mieux que le tabac. Mieux que l'herbe. Allume ma pipe.

Je tiens un bébé. L'exercice est un peu difficile. Je craque une allumette. Elle s'allume et s'éteint aussitôt que je l'approche de la pipe. Le vieillard glousse de plaisir, le regard pétillant de méchanceté. Il faut que je me contrôle, que je me calme. Je prends la deuxième allumette. Je parviens à faire le feu, mais il s'éteint encore une fois dès qu'il côtoie la drogue dans la pipe. Le vieillard frémit d'allégresse. À le voir, je me dis que la détresse dans sa pipe ne lui donnera jamais autant de jouissance que mes deux échecs successifs. Je m'oblige à une profonde respiration. Je ne perdrai pas l'enfant. Ce bébé sera ma nouvelle vie, la raison de mes luttes à venir. Personne, aucune femme, aucune mère, ne me séparera de lui. Je craque la dernière allumette. La flamme qui s'allume est plus forte, plus robuste. Elle est connectée à mon féroce désir de garder en vie cette enfant qui n'a pas demandé à naître. J'approche la flamme de la pipe et elle incendie son contenu. Le vieillard aspire dans sa pipe à pleins poumons. Il s'étrangle, ouvre de grands yeux, se met à s'étouffer et tombe à la renverse, la pipe toujours dans la bouche, se débattant comme aux prises avec ses démons. Je cours jusqu'à manquer d'air. Un taxi-moto s'arrête à ma hauteur pour m'offrir ses services.

– Port-au-Prince, je lance au conducteur.

– Six mille gourdes, exige-t-il. L'essence, on n'en trouve presque plus.

Encore une fois, je ne suis pas en position de discuter. Portant le bébé, le trajet sera encore plus inconfortable, plus dangereux. Il va faire nuit dans une heure. Arriverai-je à temps pour accompagner Max et l'inspecteur Azémar dans l'expédition, pour ne pas dire le cambriolage du temple : « La page blanche de la Résurrection » ? Le conducteur a un haut-parleur sur sa machine qui diffuse de la musique. Comme je m'apprête à lui demander de baisser la tonalité ou d'éteindre tout simplement – une migraine commence à marteler mes tempes –, une chanson capte mon attention. Une voix éraillée attaque une étrange ballade.

Mon kalach dans le cul de Sam,
Ma rage ma faim les ailes de ma haine,
Ma brise les lèvres de Lilith sur ma peau,
Je chevauche des cadavres dans la nuit noire,
J'éjacule mon pus dans ton vagin mépris,
Ma révolution fera jaillir ta source,
Tel un amant qui te chevauche à l'aube,
Ma racine carrée fera bander les sexes de fer,
Qui vous enculeront en plein soleil
Sur la place de vos cathédrales.

Je suis pris de vertige. Je supplie le conducteur de s'arrêter quelques minutes.

– Qui chante cette chanson ? je demande, sachant pourtant la réponse.

– C'est Racine Carrée. Il a lancé cette chanson tout juste ce matin sur les réseaux. En l'espace d'une heure, le clip vidéo a dépassé cent mille vues.

Avec mon texte ! Il va vite en besogne, le bandit ! Plus de cent mille vues en l'espace d'une heure ! Combien d'heures et même de mois et d'années me faudrait-il pour atteindre un tel nombre de lecteurs ? Mais c'est mon texte ! Pourtant, il est hors de question de protester, de révéler que je suis l'auteur des paroles de cette chanson. Ce texte ne vaut pas grand-chose, mais lui, ce bandit, n'est même pas capable d'en écrire un qui arrive aux chevilles des miens. Voilà qu'il va en tirer seul les bénéfices. Pire, il fera tout pour m'éliminer afin de ne pas courir le risque que j'aille lui réclamer des droits d'auteur. Pire, je donne à ce chef de gang, grâce à mon talent même réduit à sa plus simple expression, une visibilité dont il rêve depuis des lustres. Je contribue à ma manière, même si j'y ai été forcé, à la catastrophe de mon pays. Pas avec des armes, mais avec des mots. J'aurais pu lui écrire autre chose, à Racine Carrée. Pas cette violence. Pas ce rejet de toutes les valeurs. Comme si au fond de moi, je voulais aussi tout incendier, tout enculer, tout détruire. Puis-je prétendre à une convergence de vue entre lui et moi ? Dois-je m'allonger sur le divan d'un psy pour étudier cette possibilité ?

– On repart, dis-je au motocycliste, un sanglot refoulé dans ma gorge.

***

Nous arrivons trop tard à Port-au-Prince. Une chance qu'il n'ait pas plu alors que j'ai un bébé dans les bras. Je me rends compte, seulement à ce moment, que je ne sais pas quoi faire de l'enfant. Il est exclu que je me présente à la porte d'un orphelinat. Trop de questions, trop de formalités à remplir, même si tout n'est que de la poudre aux yeux, vu la corruption qui gangrène ce secteur comme partout d'ailleurs. Je suis témoin de comment l'une de ces institutions fonctionne et je me serais senti coupable toute ma vie d'avoir ainsi abandonné une enfant. Ma mère ! Ce serait mettre une charge de trop sur ses épaules alors qu'elle a à gérer des ennuis de santé. Elle a bien une femme à son service, mais la connaissant elle voudrait prendre seule la responsabilité de l'enfant. Younta ! Je n'oublie pas sa réaction quand elle a vu le bébé chez moi. Elle ne m'a même pas permis une explication. Peut-être qu'avec le recul elle acceptera de m'entendre. Dans le pire des cas, elle posera ses conditions. Ce sera du temps gagné. Le motocycliste me réclame un surplus pour aller aussi loin, le quartier où habite la jeune femme ne jouissant pas d'une bonne réputation. Je suis pressé de rejoindre Max et l'inspecteur pour cette casse spéciale dans le temple du pasteur Lemène. Je ne souhaite pas qu'ils s'y rendent sans moi.

Je trouve Younta assise sur la galerie chez elle, son téléphone en main. Elle est toujours dans les potins sur son portable. C'est l'un des sujets permanents de dispute entre nous. En me voyant arriver avec l'enfant emmitouflé dans les bras, elle prend son air le plus scandalisé.

– Comment oses-tu venir ici ? Penses-tu que je vais accepter de prendre soin d'un enfant de toi avec une autre femme alors que tu m'en refuses un ?

Je garde mon calme.

– L'enfant n'est pas de moi, Younta.

Elle hurle, en proie presque à l'hystérie.

– Comment, n'est-il pas de toi ? Qu'est-ce qu'il fait avec toi ?

Son visage est convulsé par la colère. Avec elle, je n'ai aucune chance.

– Tu m'as fait avorter, Carl ! Tu es bien audacieux pour te présenter avec ce bébé. Fous le camp d'ici.

Une femme apparaît alors. La mère de Younta !

– Younta ! Que se passe-t-il ? Pourquoi cries-tu ainsi ?

Younta me montre du doigt, étouffant de rage, les larmes aux yeux.

– C'est Carl. Il s'arroge le droit de venir chez moi avec un bébé qu'il a eu d'une autre femme.

Sa mère vient vers moi. Elle a un air sévère qu'elle doit arborer devant ses élèves. Elle est institutrice.

– Peux-tu m'expliquer, Carl ? Je n'ose pas croire cela de toi.

Je lui narre les faits. Cette fille peut-être mineure qui a accouché à même le sol dans un camp de réfugiés. Comment Max et moi nous lui sommes venus en aide. Le rapt de la jeune mère et du bébé pour une raison qu'on ignorait. Notre tentative de les libérer. La mort de la jeune mère.

– Je compte l'adopter dès que la situation s'améliore. Pouvez-vous en prendre soin pour le moment ?

La mère de Younta plonge son regard dans le mien. Elle examine le bébé qui s'est endormi.

– L'enfant ne te ressemble pas du tout. C'est un garçon ou une fille ?

– Une fille.

– Elle est bien belle. Le petit ange, dit-elle en caressant du doigt une joue de l'enfant.

Je ne juge pas nécessaire de lui raconter l'histoire de ma servante et de sa fille décédée.

– Ce n'est pas l'enfant de Carl, Younta. Il veut sauver ce bébé. Peu d'hommes, par ces temps si difficiles, se donneraient une telle responsabilité.

Elle m'enlève l'enfant. Younta me jette un regard courroucé.

– Pourquoi ne m'as-tu pas expliqué tout cela avant ? me reproche-t-elle.

C'est Younta. Elle n'a pas son pareil pour vous sortir les propos les plus absurdes quand elle doit s'excuser d'un geste, d'un acte, ou d'une décision.

– Tu ne m'en as pas laissé le temps, chérie, lui dis-je.

Elle admire le bébé dans les bras de sa mère.

– Elle est belle, en effet. Tu m'en feras une, plus belle ?

Devant la mère comme témoin, même si la pression est grande, il faut éviter de s'engager par une promesse.

– Max m'attend pour une affaire urgente. On en reparlera, Younta.

Je remets un peu d'argent pour le bébé. Je pars en courant avant que Younta ne renouvelle sa demande d'une promesse de lui faire un enfant.

***

Le domicile de l'inspecteur Azémar est notre lieu de rendez-vous. Il est proche d'une place publique jouxtant un terrain de basket en plein air transformé la plupart du temps en espace de réjouissances populaires. Des groupes musicaux peu connus s'y produisent souvent en fin de semaine drainant une foule de jeunes qui se déplacent beaucoup plus pour la drague, l'alcool et même la drogue, les autorités fermant les yeux sur des activités qui ne sont pas de nature à nuire au gouvernement. La nuit, très tard, c'est l'un des rares endroits où on peut se procurer de la nourriture et de la boisson. Trois restaurants dansants non insonorisés animent la place. Une salle de cinéma autrefois très achalandée, à l'époque où la ville était réputée pour ses activités culturelles, tombe en ruine et a été transformée en un hôtel de passe interlope dont on fait circuler l'adresse sous le manteau.

Je suis en retard de plus de trente minutes. Personne ! Max et l'inspecteur auraient dû m'attendre. Rien ne pressait. Une heure passe sans qu'ils se manifestent. Une dame qui termine de recevoir des clients devant son étal daigne seulement à ce moment m'informer que l'inspecteur Azémar et un homme portant de petites lunettes, l'air d'un professeur, avaient attendu quelques minutes avant de partir. Ils n'avaient laissé aucun message à mon intention. Je ne lui demande pas pourquoi tout ce temps pris pour m'avertir. Soit ses clients ne lui en avaient pas laissé l'occasion, soit elle s'était méfiée de moi, préférant m'observer avant de se décider à m'adresser la parole.

Je la prie de me prêter son téléphone portable, lui promettant de renflouer doublement les minutes que j'utiliserai. Avec un large sourire, elle me passe son petit téléphone à touches. Mes appels à Max restent sans réponse. Je tombe constamment sur la messagerie. Je remets le portable avec quelques gourdes comme promis. Je m'éloigne en réfléchissant à ce que je dois faire. De toute manière, Max me contactera. Je dois revenir chez moi. C'est le seul endroit où Racine Carrée ne viendra pas me chercher. Il doit être certain que j'ai fui loin de ses sbires.

Je fais la route à pied. Je me sens en sécurité comme si l'obscurité me dissimulait des feux qu'on craint tant, œuvrant dans le noir, s'abattant sur des demeures, incendiant tout pour ne laisser que des carcasses, s'en prenant aux vivants, les réduisant en cendres, cendres que personne n'ose ni toucher ni enlever. Chaque tas de cendres, dit-on, a le poids d'une personne vivante et il est impossible d'y retirer même une pincée.

Avant de prendre la rue qui mène jusqu'à mon domicile, je m'arrête, l'œil aux aguets, abrité derrière un véhicule en stationnement qui heureusement n'a pas d'alarme. Je reste une bonne dizaine de minutes à observer la rue, en quête du moindre mouvement suspect. Je ne vois passer que le mari de Madame Jules, ivre comme à son habitude à cette heure. Il fait un boucan de tous les diables pour qu'on vienne lui ouvrir. Il reproche souvent à son épouse de faire exprès, la nuit, de le laisser poireauter dans la rue, et cela donne lieu, quand sa consommation éthylique a plafonné, à des discussions orageuses, des échanges d'injures et même à des bagarres. Les époux ont dû se rendre deux fois à l'hôpital pour des blessures qu'ils s'étaient mutuellement infligées.

Certain que tout danger est écarté, je marche jusqu'à mon domicile. Je rentre rapidement, referme la porte, la barricade avec une étagère et un fauteuil. Les précautions sont de mise. Il n'y a pas d'électricité. Je garde en poche la boîte d'allumettes que m'a remise Silfiz, mais elle est vide. À tâtons, dans le noir, je retrouve une lampe torche dans le tiroir d'un buffet. Je la règle sur l'intensité minimale pour éviter d'alerter au-dehors un possible observateur. Je monte à l'étage, heureux, soulagé d'être chez moi après toutes ces péripéties. Je m'inquiète toutefois pour Max et le policier. C'est peut-être stupide, cette histoire de pages blanches à voler. Mais pour quelle raison une escouade armée, chaque semaine, les récupère-t-elle ? Comment se passe cette casse spéciale au temple « La page blanche de la Résurrection » ? Aurais-je dû tenter de les rejoindre malgré mon retard ? Ce n'est pas une bonne idée. Ce serait mettre en péril toute l'opération. Je range la lampe torche. Un bon bain me fera le plus grand bien. J'attendrai un signe de Max. Le froid métallique du canon d'une arme se pose alors sur ma nuque. Un frisson me parcourt l'échine.

– Avance sans faire de geste brusque et pose tes fesses sur le lit.

Cette voix ! Je la connais ! Marie-Lilith !

***

J'obéis, évitant tout geste pouvant être mal interprété. Je retrouve Marie-Lilith. Ce soir, sa froideur est illuminée d'une sorte de rage, d'une violence prête à entrer en éruption. Ses cheveux en désordre lui donnent l'air d'une folle fraîchement échappée de l'asile. La menace, c'est l'arme qu'elle tient et dont elle sait se servir.

– Je croyais que tu étais partie pour les États-Unis, je parviens à articuler, la voix tremblante, une sueur froide au dos.

– Tu te tais, siffle-t-elle. C'est moi qui parle.

Travaille-t-elle pour Racine Carrée ? Veut-elle se faire pardonner en me ramenant à son amant et gagner ainsi sur tous les tableaux ? Ce serait de sa part une grave erreur. On ne double pas un agent de la CIA. J'ai vu Racine Carrée à l'œuvre. Il a la réputation de ne pas tolérer les traîtres et les indicateurs. Il a abattu Milcent, comme si de rien n'était, sous prétexte que ce dernier lui gâchait une conversation artistique.

– Je devais partir hier, dit Marie-Lilith.

Elle tire une chaise vers elle pour s'asseoir en face de moi.

– Je me suis rendue à l'aéroport. Tous mes papiers étaient censés être en règle. Au comptoir d'enregistrement de la compagnie, quand j'ai présenté mon passeport, le préposé m'a fait comprendre que mon visa est un faux.

Je tente d'afficher de la surprise ou plus encore de la stupéfaction. Calahan a-t-il roulé Marie-Lilith dans la farine ? Il doit être prêt à tout pour arriver à ses fins.

– Il m'a menti pour que je l'aide, pour que je te fasse sortir de chez Racine Carrée.

Je dois lui faire comprendre que je ne suis responsable de rien. Je me trouve embarqué depuis le début dans une histoire dont le déroulement est imprévisible. Cela a commencé avec

Milcent me réclamant son œil, se prenant pour le personnage de cette nouvelle dont je regrette tant d'avoir bâclé l'écriture. Je suis sans emprise sur la manière dont cette intrigue se déroule. Cela me rassure quand même. Si c'était moi l'auteur, j'aurais pu intervenir à n'importe quel moment pour lui donner une autre direction. Je me doute seulement que tout a dérapé avec ma panne sèche d'inspiration. Le syndrome de la page blanche ! Tous les écrivains redoutent ce passage à vide dont ils ne peuvent prévoir la durée. Mes problèmes de mémoire, qui ont nécessité des consultations médicales et une batterie d'examens, sont aussi en cause. Je craignais l'Alzheimer ou tout autre trouble lié à une affection rare. Le médecin, un praticien expérimenté, m'avait rassuré après une quinzaine de jours. J'étais en parfaite santé, sinon une fatigue générale qui nécessitait quelques jours de repos. Il m'avait recommandé un séjour à la mer ou à la montagne, loin des sempiternelles turbulences de la ville, et une nourriture saine à base de légumes, de fruits et de racines.

– Pourquoi me menaces-tu ? Tu sais que je ne suis responsable de rien.

– Si tu n'avais pas été l'otage de Racine Carrée, je serais avec lui bien peinarde, crie-t-elle, son doigt nerveux sur la détente.

C'est de la mauvaise foi de sa part. Je n'ai pas choisi d'être kidnappé. Je n'ai rien à voir dans la décision de Calahan de se servir d'elle pour me libérer. Je ne connaissais pas son existence jusqu'au soir où elle a fait irruption dans ma cellule pour m'apprendre sa mission.

– Ce qui est certain, dit-elle en se calmant, Calahan tient énormément à toi. Sinon, il ne se serait pas donné tout ce mal pour te libérer et pour me mentir en plus.

Elle criaille de nouveau, son corps traversé par une sorte de convulsion. Sans le vouloir, elle aurait pu presser la détente.

– Il m'a menti ! hurle-t-elle.

– Que comptes-tu faire ?

– Il sera obligé de mettre un visa valable sur mon passeport s'il veut te revoir vivant.

Encore une fois, me voici dans l'obligation de trouver un moyen de me tirer d'affaire. Cela s'avère compliqué. Je pense à Max et à l'inspecteur. Où en sont-ils avec la récupération des pages au temple de « La page blanche de la Résurrection » ?

– Où vas-tu me garder, Marie-Lilith ? Racine Carrée me recherche. Pour lui échapper, il faut bouger constamment. Avec ses amis de la fédération des gangs, il a des antennes partout.

Elle m'envoie une paire de menottes qui tombent sur le lit. Matériel de la police nationale ! Les gangs ont accès à tout.

– Mets-les. On reste chez toi. Racine Carrée n'enverra personne. Il l'a déjà fait. Il sait que tu n'es pas fou pour revenir ici.

Je proteste, même si je sais que j'ai peu de chance de lui faire entendre raison.

– Tu ne peux m'immobiliser ainsi, Marie-Lilith. Je peux t'aider. Moi également, je veux revoir Calahan. Il me doit des explications.

– Passe les menottes, s'impatiente-t-elle, les nerfs à fleur de peau.

La sonnerie d'un téléphone fait monter d'un cran la tension entre nous. Je n'ai pas d'autre téléphone chez moi. Le seul en ma possession a été confisqué par mes ravisseurs. La carte SIM a dû être détruite comme toujours dans ce cas, le portable entre les mains d'un des malfrats pour son usage personnel.

– Est-ce ton téléphone qui sonne ? demande Marie-Lilith.

– Je ne sais vraiment pas, je réponds sincèrement.

Plus qu'énervée, elle me décoche un coup de pied dans les chevilles.

– Si tu veux jouer au plus malin avec moi, c'est toi qui en pâtiras, me prévient-elle. Prends le téléphone. C'est peut-être Calahan. Si c'est lui, tu me le passes. Compris ?

Je fais signe que oui. Elle a momentanément oublié les menottes. La personne qui veut me joindre persiste. Mais je n'ai pas d'autre téléphone ici. Je me souviens que, dans une sorte de délire, je m'étais vu ranger un téléphone dans un tiroir de ma table de travail dans la bibliothèque. Je me lève, les mains en l'air, me laissant guider par la sonnerie. Cela vient justement de la bibliothèque. J'entre dans ce lieu où j'ai travaillé tant de mes romans, loin de l'agitation de la ville. La sonnerie provient d'un tiroir de ma table de travail. Je l'ouvre. Je ne vois pas de téléphone. Je soulève une pile de papiers, des brouillons imprimés de mon précédent roman. Je découvre, à la fois terrifié et halluciné, le portable. Un simple appareil à touches, moins facile à localiser. Je ne me souviens pas du numéro qui s'affiche sur le petit cadran bleuâtre. J'accepte l'appel.

– Allô !

– Carl ! C'est bien toi ?

J'ai l'impression de reconnaître la voix. Mais mettre un nom dessus ne m'est pas possible.

– C'est moi.

– Nous avons un grave problème.

– Quel problème ? Et qui êtes-vous ?

Un silence à l'autre bout du fil.

– Tu ne peux plus faire semblant d'être en dehors de cette histoire. On vient de cambrioler le temple.

Max et l'inspecteur sont allés vite en besogne, mais quelque chose cloche dans cette situation. Personne d'autre que Max et l'inspecteur ne sont au courant de cette opération. J'ai la sensation que ma réalité dessine d'autres contours.

– Pourquoi m'appelez-vous ?

– Écoute, Carl. Ce n'est plus le temps des bons sentiments. La révolution ne se fera pas. Ceux qui habitent là-haut et leurs amis étrangers auront toujours leurs pieds sur nos cous. Mais nous pouvons ramasser de l'argent. Énormément d'argent avec ton idée. Je sais que tu ne peux faire parvenir le moindre sou à tes enfants qui étudient à l'étranger. Nous avons besoin de ces pages au plus vite pour une livraison demain dans l'après-midi. Un distributeur important de Miami ayant déjà essayé le produit nous attend.

– Que dois-je faire ?

J'ai l'espoir que sa réponse me permette de trouver une piste pour résoudre l'énigme des pages blanches.

– Ceux qui ont les pages veulent discuter avec quelqu'un. Ils menacent de tout brûler. Tu comprends qu'il est hors de question que ce soit moi. Tu seras l'interface.

Marie-Lilith s'approche de moi. Trop près.

– Passe-moi le téléphone. Je suis certaine que tu parles à Calahan.

Je parviens à saisir le poignet de la main qui tient l'arme pour arriver à le tordre. J'ai dans le temps pris quelques cours de self-défense vite abandonnés. Elle ne laisse pas tomber l'arme. Nous nous battons pendant un court instant, moi tentant d'écarter le canon de son arme. Un coup part malgré tout. Une fulgurante douleur à la tête. L'espace d'un millième de seconde, je crois que je suis mort. Me retrouvant en vie, un surcroît d'énergie m'anime. Pour une étrange raison, le fait d'avoir pressé la détente a comme adouci la hargne de Marie-Lilith. Cette fois, j'arrive à lui faire lâcher l'arme et à lui décocher un coup du tranchant de la main sous le cou. Elle s'écroule sur le tapis, le corps agité de violents spasmes, puis elle s'immobilise brusquement. Inquiet, je prends son pouls. Elle vit. Je la traîne jusqu'à la salle de bains où je l'enferme à double tour. Pas moyen pour elle de s'échapper quand elle reprendra conscience, à moins de venir à bout de la porte en bois massif. Je n'ai nul besoin de l'arme de Marie-Lilith, mais je la récupère pour la mettre dans un tiroir de la commode. Le téléphone qui m'a échappé des mains lors de ma lutte avec la jeune femme sonne de nouveau. Je le reprends.

– Que se passe-t-il, Carl ? J'ai cru entendre un coup de feu.

– Ce n'est rien, dis-je, le souffle court.

Du sang me coule sur le visage. Je vais prendre dans un tiroir une serviette pour presser sur la blessure. La balle a seulement effleuré mon crâne près de ma tempe droite. Une chance inouïe. Cette intense douleur, à moins que ce ne soit le fait d'avoir frôlé la mort d'aussi près, m'a comme réveillé. Des souvenirs me reviennent. Je commence à reconstituer le puzzle d'une vie éparpillée en mille morceaux depuis le départ de ma fille.

– Ils veulent certainement de l'argent pour les pages, dit la voix au téléphone. Comment savent-ils que ces pages sont importantes ?

– Tu prends des précautions trop visibles pour les récupérer. C'est suffisant. J'étais contre ce procédé.

– Tu as raison, concède mon interlocuteur.

– Ce n'est pas l'argent qu'ils veulent, lui dis-je.

– En es-tu certain ?

– Fais-moi confiance. Conviens avec eux d'un lieu de rencontre. J'irai seul. Pas de présence policière. Compris ?

– Je t'avertis, Carl. Personne d'autre que toi n'aurait eu cette idée, mais ce n'est pas un roman. Disons que cela ne l'est plus. C'est maintenant une histoire avec de grands intérêts qu'aucun éditeur ne pourrait gérer. Ma vie et la tienne sont en jeu. Je tiens à te le faire comprendre.

Il raccroche.

***

Je marche peut-être vers mon destin. Y a-t-il une correspondance entre destin et avenir? Le destin serait déjà tracé par Dieu, une intelligence dissimulée dans les méandres de l'Univers ou par des entités qui s'arrogent le droit de disposer de nos corps et de nos âmes. L'avenir serait, lui, incertain, se déployant au gré de nos volontés, de nos pensées, de nos décisions et les actes que nous posons sont susceptibles de le modifier, car ils entraînent des réactions en chaîne qu'il est impossible de prévoir tant les possibilités sont infinies. C'est comme aux échecs quand on déplace un pion ou une pièce. L'interaction entre les esprits engendre de multiples sentiers qui eux-mêmes créent des embranchements illimités.

La seule certitude que je crois avoir, c'est la terrifiante obscurité qui pavera encore longtemps les avenues de notre futur. Ces avenues ont-elles été crevassées, détruites, ce qui reste d'elles encore enfoui sous les tonnes de boue de nos turpitudes, de nos instincts suicidaires devenus comme nos seules armes de lutte contre nos ennemis de toujours?

J'ai palpé, touché, humé la gluante détresse de notre peuple dans ce temple évangélique, comme je n'ai jamais pensé la ressentir. Pourtant, je me suis toujours senti proche des autres et surtout de ceux à qui le hasard ou Dieu a attribué les plus mauvaises conditions de vie. Je ne cesse de me souvenir de mon choc, de ma douleur quand pour la première fois, à la faveur d'un stage étudiant de ma faculté d'agronomie, j'ai partagé pendant plusieurs jours le vécu d'une famille paysanne, leur précarité, leur dénuement. J'avais été à la fois choqué et admiratif devant leur combat incessant pour arracher d'une terre ingrate le minimum pour leur survie au quotidien. J'ai accompagné des heures des enfants aux pieds nus sur des sentiers caillouteux aux pentes parfois rudes, la plupart des fillettes, transportant de l'eau dans des bidons et des seaux. Moi, apparemment plus fort physiquement que ces porteurs et porteuses d'eau, je ne parvenais pas à les aider, ce qui déclenchait chez eux une amicale et ironique hilarité. La souffrance et la détresse, je croyais les connaître grâce à mes activités à la fois comme agronome, journaliste et écrivain. Cette souffrance, cette détresse, il ne fallait pas trop en parler, sauf pour les projets parfois bidons pilotés par des ONG. Dans la démocratie formelle voulue par l'Occident, on peut bien être de gauche à condition qu'on n'ait aucun scrupule à aller s'empiffrer dans les dîners chez les ambassadeurs, dans les grands hôtels, dans les villas bourgeoises, et à obtenir sous le manteau des privilèges pour que le jeu politique soit ce qu'il est : une comédie pour un peuple avachi, zombifié par les médias et maintenant par les réseaux sociaux.

Je ne suis pas venu par hasard au temple « La page blanche de la Résurrection » du pasteur Lemène. Au cours d'un atelier d'écriture, un participant m'avait demandé si je ne connaissais pas le pasteur Lemène et ses curieuses pratiques avec des pages blanches. Ce participant m'avait interpellé alors que j'intervenais sur ce moment si craint des jeunes auteurs, quand on se retrouve devant une page blanche, votre esprit devant un horizon désert. Aucune idée ne passe. Le cerveau est réfractaire à toute sollicitation. Les doigts qu'on prétend doués de mémoire ne peuvent plus imprimer au stylo ou au clavier de l'ordinateur, une ligne, une phrase, un paragraphe. J'avais demandé à ce jeune participant des informations sur ce pasteur dont j'entendais parler pour la première fois et je m'étais promis d'aller observer ce rite assez surprenant des pages blanches.

On dit que la force de l'imposteur réside dans la foi qu'il accorde à son mensonge. Le pasteur Lemène était l'évidente illustration de cette assertion. Il s'exprimait avec une hargne, une conviction, une énergie, le tout porté par une voix forte, vibrante, éraillée, qui n'avait nul besoin d'être amplifiée pour atteindre la foule des fidèles qui débordaient de l'entrée du temple pour se déverser dans la rue. Ses ouailles apportaient chaises et bancs pour ne pas demeurer debout. Le pasteur, tel un ange exterminateur brandissant son glaive vers la cité fautive, scandait des mots percutants, mais simples, ramenant ses fidèles à la seule porte de sortie autorisée dans leur condition de parias, de laissés-pour-compte, de pécheurs traînant la faute originelle d'Adam : le repentir pour avoir droit à la vie éternelle. Pour cela, chaque fidèle devait écrire sur une feuille blanche toutes les transgressions sans en oublier une seule. Les écrire seulement ne suffisait pas, selon le pasteur. Il était nécessaire, au moment où le fidèle se penchait sur sa page blanche auparavant sanctifiée, qu'il revive, qu'il ressente comme vécues ses douleurs, ses haines, ses frustrations, ses détresses. Le pasteur aidait ses ouailles dans cet exercice en donnant l'exemple de situations dans lesquelles se trouvait certainement l'assistance. Les problèmes de loyer, de santé. Le budget qui ne permettait pas de nourrir la famille et d'envoyer les enfants à l'école. La jalousie des voisins ou de membres de la famille. L'insécurité qui faisait constamment des victimes dans les rues. Les diables qui ne chômaient pas, toujours en chasse, affamés. L'épouse infidèle. Le mari volage. L'infertilité. L'emploi impossible à trouver pour soi ou pour un enfant ayant pourtant terminé ses études universitaires. Les harcèlements sexuels de personnes en position de pouvoir dans les ministères, les entreprises, les manufactures. Il avait le talent pour mettre ses fidèles en condition et j'en fus subjugué. Des fidèles sanglotaient sur leurs pages, d'autres hurlaient, pris de convulsions. Les uns soutenaient les autres, encouragement mutuel pour noircir au maximum les pages de l'encre de leur détresse. Il y avait le sang pour ceux qui ne savaient pas écrire.

Des préposés distribuaient de petites aiguilles prétendument stérilisées. On confessait ses transgressions, l'index de la main droite dans le sang sur la page. Le sang, expliquait le pasteur, était un vecteur même plus puissant que l'écriture. Il acceptait aussi la salive pour ceux qui ne supportaient pas la piqûre ou la vue du sang. C'était le même procédé. Le pasteur avertissait toutefois que la communication avec le ciel était dans ce cas moins rapide, même si toujours efficace.

Je revins une seconde fois au temple « La page blanche de la Résurrection ». Je ne parvenais pas à me débarrasser de la confuse sensation d'avoir raté un détail. L'imposture du pasteur était flagrante, car qu'est-ce que Dieu avait à paître avec les écrits de pécheurs haïtiens, nègres de surcroît, confessant leurs transgressions ? Les plus hautes autorités ecclésiastiques, à une époque pas trop lointaine, avaient bien décrété que nous n'avions pas d'âme. J'avais rêvé au cours de la nuit, cela m'avait bien fait rigoler au réveil, d'une armée d'anges fonctionnaires sagement assis derrière leur bureau à éplucher les pages des fidèles du pasteur Lemène. Je vis, dans le même rêve, un diablotin en complet de soirée ramasser ces pages que jetaient les anges dans une poubelle, les enrouler pour en faire un cigare qu'il fumait avec un air de suprême jouissance. Mais les impostures, me disais-je, laissent toujours des traces dans les choses ou dans les êtres. J'étais revenu pour mieux observer le rituel des pages blanches, à l'affût du détail qui m'aurait échappé. Le détail ou l'idée. J'étais aussi en quête d'un sujet pour le roman que ne cessait de me réclamer mon éditeur.

Je suivis avec un intérêt accru le prêche du pasteur Lemène, toujours fasciné par sa fougue, l'énergie qu'il déployait pour libérer ses fidèles de tout ce qui pouvait les retenir dans le dévoilement de leurs transgressions. Je m'étais immergé parfaitement dans l'ambiance, car ma page blanche en main, après avoir versé le dollar américain obligatoire – ou son équivalent –, j'essayais d'éviter mes stupides mensonges de jeunesse quand je me retrouvais au confessionnal. À mon âge, j'avais quand même commis des péchés que ladite sainte Bible réprouvait. Et puis, qui allait lire ces pages ? J'écrivais tout en observant le comportement de mes voisins sur le banc que nous partagions. La lueur se fit alors en moi. Dans toutes les religions, on prétend que le Verbe est à l'origine de tout. Tous les rituels se tenaient avec des mots, mais des mots inscrits dans des livres, dans des traités, dans des grimoires. S'il fallait les prononcer pour qu'ils puissent avoir un effet, il était permis d'imaginer que ces douleurs, ces détresses vécues dans leur ultime intensité soient inscrites, gravées sur ces pages. Ces pages, pour employer le mot exact, étaient alors magnétisées. On pouvait donner vie à leur contenu, à leur substance.

Je fréquentai encore pendant quelques jours le temple du pasteur Lemène. Que devait-il faire de ces pages ? Rien. Sans doute, les brûler. Ce qui lui importait, c'était le dollar américain versé par chaque fidèle pour obtenir cette page sanctifiée. L'idée prit forme dans mon esprit. L'inspecteur Dieuswalwe Azémar avait raison. Nous, écrivains, avions notre côté obscur qui, dans certaines circonstances, amenait à des dérives imprévisibles.

***

J'exige au conducteur de taxi-moto de faire en trois fois le tour du quartier pour bien m'assurer que la zone de la rencontre avec les auteurs du vol des pages du pasteur Lemène ne soit l'objet d'aucune surveillance. Le conducteur se méfie de mon manège et me réclame deux fois le montant du prix de la course. Je prétends que ma petite amie réside dans l'une de ces demeures. Je tiens à être certain qu'elle ne reçoit pas en mon absence une visite galante. « C'est bien de venir chez sa belle sans s'annoncer », je lui recommande en tendant l'argent. Il acquiesce en souriant bêtement, puis il met les gaz trop vite pour que je puisse croire qu'il a accordé foi à mes boniments. La ville est infestée de truands et on prend ses précautions. Avec mon bandage à la tête, je n'ai pas l'air trop recommandable. C'est d'ailleurs une chance s'il a accepté de me transporter.

L'adresse qu'on m'a indiquée est celle d'une maison ancienne datant probablement d'avant la première occupation américaine. Elle est encore en état pour le peu que je vois par-dessus l'imposante barrière métallique. Je presse une sonnette encastrée au mur. Une voix dans un interphone me demande de m'identifier. « Je suis Ogou », je réponds, comme convenu. Je ne sais pas comment cette histoire qui prend un tour inattendu va se terminer. Je suis responsable de cette situation et c'est à moi d'y mettre un terme. Dans quelques minutes, il fera nuit et je ne peux m'empêcher de penser à ces feux qui se montrent de plus en plus agressifs. Le conducteur qui m'a amené jusqu'ici m'a narré des faits qui donnent froid dans le dos, même si je connais la propension de mes concitoyens à mettre du leur dans tout ce qu'ils racontent.

– Pas d'arme ? s'enquiert la voix.

– Aucune.

– J'ouvre la barrière et vous entrez en gardant les mains bien détachées du corps pour que je puisse les voir. Vous avancez sur l'allée de gauche qui contourne le *gingerbread*. Derrière, il y a une cour. Au fond, une maison basse. Vous venez vers l'entrée. Un geste suspect et nous mettons le feu aux boîtes de pages. Tout est prévu en conséquence. Une balle dans la tête pour vous en premier. Est-ce compris ?

– Compris.

La barrière coulisse juste assez pour que je puisse me glisser à l'intérieur. Elle se referme aussitôt. Un jardin mal entretenu. Le sol est couvert d'un tapis de feuilles sèches. Je suis l'allée de gauche comme indiqué et je me retrouve à l'arrière. Tout a l'air abandonné. Des herbes hautes croissent dans cette cour intérieure et des ronces envahissent les murs de clôture. Je vois les boîtes de pages empilées au-dessous de deux amandiers qui se dégarnissent à flots de leur feuillage. Il y a là plus d'une centaine de boîtes. Max et le policier ont dû se faire aider pour transporter ici cette cargaison. Un véritable tour de force d'avoir pu réaliser aussi vite cette opération. Difficile aussi de ne pas se faire repérer. C'est pourquoi mon associé a réagi si vite. Je me dirige vers l'entrée de la demeure basse, au fond de la cour. Je détecte une lueur derrière un rideau qu'on bouge rapidement avant de le remettre en place. La porte s'ouvre devant moi.

– Entrez donc, monsieur Vausier, dit l'inspecteur Azémar. Je vous attendais.

J'entre. Je sue. Mon cœur pourtant ne manifeste aucun signe de panique. J'ai le calme de celui qui sait qu'il lui est impossible de changer le cours des choses. Le policier braque vers moi son arme. Il me désigne un fauteuil, sans rien dire. Je m'assieds pendant qu'il referme précautionneusement la porte tout en me tenant en joue.

– Vous m'attendiez ? lui dis-je. J'en suis surpris.

Il vient s'asseoir de manière à avoir un œil sur l'entrée, un autre sur moi.

– J'ai assez d'expérience pour pouvoir me guider dans les méandres de certaines énigmes au goût de notre terroir, se gausse l'inspecteur. Il a fallu un fieffé imposteur comme le pasteur Lemène et un esprit tordu comme le vôtre pour faire de ces pages blanches plus qu'un mystère. Une abomination !

– Je ne suis en aucune manière associé au pasteur Lemène. D'abord, où est Max ?

– Je l'ai menotté et ligoté dans une pièce à l'arrière. Je ne veux pas qu'il assiste à votre exécution. Je vais vous mettre une balle dans la tête comme je l'ai fait à des dizaines de délinquants. Cette terre, Carl Vausier, il faut des hommes comme moi pour la nettoyer de sa merde.

Max a raison. L'inspecteur de police se prend pour un justicier au-dessus des lois. Mais qui se préoccupe des lois maintenant dans notre pays ?

– Vous vous trompez, lui dis-je. Je ne suis pas ce que vous pensez.

– Je me trompe ! gronde-t-il, offusqué. Savez-vous ce que votre esprit malade a concocté ? Donner la détresse, le désespoir de notre peuple comme jouissance ultime à ces dégénérés de bourgeois. Ces gens fument, sniffent, s'injectent le malheur, l'infortune de nos enfants, de nos femmes, de nos hommes et c'est un jardin de plus de leur paradis. Ces pages blanches, traitées par un procédé que j'ignore, transformées en substance hallucinogène calibrée sur l'état mental et affectif du sujet ! C'est l'ultime frontière de l'infamie, Carl Vausier. Le diable lui-même n'aurait pas imaginé mieux. Vous êtes un grand écrivain, mais je vais avoir le regret de vous effacer.

– Attendez, je le supplie comme il pointe son arme sur moi. Laissez-moi au moins le droit de me défendre.

– Vous défendre ?

Il abaisse son arme.

– Je respecte les convenances légales. Je vous donne soixante secondes.

Il faut que je me dépêche. Il semble vraiment décidé à en finir avec moi.

– J'ai émis l'hypothèse que ces pages s'imbibaient de la détresse des gens. Forcément, il y avait donc un moyen de la restituer. J'en ai discuté avec un ami expert dans tout ce qui concerne le domaine des substances hallucinogènes. Je lui faisais confiance. Il a accepté d'essayer sans trop y croire. J'ai ingéré sa première composition. J'ai été malade pendant deux jours. J'ai vécu dans ma chair la plus intime la souffrance et la détresse des gens. J'ai basculé dans l'enfer, inspecteur. J'ai cru que je n'allais pas en revenir. C'est alors que j'ai eu l'idée.

– Laquelle ?

– Faire ingérer ce produit à des gens bien particuliers. Le vaporiser là où il le faudrait. Les systèmes de ventilation des grands hôtels, des villas, du Parlement, des ambassades, partout où l'on fait commerce de la souffrance et de la détresse du peuple. Forcer ces dégénérés dont vous parliez à vivre ce qu'ils ne peuvent imaginer, ce qu'ils ne peuvent, ce qu'ils refusent de ressentir.

– Vous me menez en bateau pour sauver votre peau.

– Ce n'est pas moi le responsable de l'implantation de ce projet. C'était mon ami. Un ancien policier, aussi activiste politique. Il a décroché un diplôme comme chimiste. Trafiquant de drogue à ses heures, c'est aussi quelqu'un qui a toujours professé des idées de gauche. Sa haine de notre bourgeoisie est notoire. Sauf que…

– Sauf que…

– Il m'a menti. Il m'a fait croire que cela marchait, qu'il avait procédé à la vaporisation du produit dans plusieurs demeures où logent des familles importantes du pays. Il a organisé alors la collecte des pages blanches du pasteur Lemène en lui offrant une somme importante dont il a refusé de me révéler le montant. J'aurais dû me méfier alors. Où avait-il pu se procurer cet argent pour convaincre le pasteur de lui remettre ses pages blanches ? Quand j'ai su ce qui se passait, j'ai fait une colère. Commotion cérébrale ! J'étais déjà dans un moment assez difficile avec le départ inattendu de ma fille pour l'étranger. C'en était trop pour moi.

– De toute manière, ces pages blanches, le pasteur n'en avait rien à foutre, rugit le policier. Il les brûlait certainement. Il s'en torchait. Votre temps est écoulé.

– Le produit a eu un autre effet sur ces gens que je pensais conscientiser de force. Je ne peux expliquer pourquoi. Il provoque de préférence chez eux une jouissance presque de nature sexuelle. Ils en redemandent. L'effet de cette substance dépend des dispositions mentales et affectives du sujet. Je n'ai que cette hypothèse comme explication.

L'inspecteur Azémar abaisse son arme.

– Vous leur avez fait sniffer et fumer la détresse d'un peuple.

Cette fois, c'est moi qui ne peux contenir ma colère.

– Cela fait plus d'un siècle qu'ils moissonnent gras avec la détresse de notre population. Eux et leurs maîtres étrangers. Ils ont acquis cette expertise. Ce sont les nouveaux alchimistes. Ils peuvent transmuter la merde, la détresse en or.

Ma voix se casse.

– Je pensais que ces pages pouvaient servir. Non ! Ce sont des dégénérés. Des monstres. Ils prennent leur pied avec la souffrance des autres.

L'inspecteur rengaine son arme. Il se laisse aller en arrière dans le fauteuil, les deux mains sur la tête, en signe à la fois de lassitude et d'impuissance.

– Quelle disposition prendre ? La détresse, maintenant, on en demande partout. On va assassiner pour les pages du pasteur Lemène. Vous, le spécialiste des scénarios impossibles, donnez-moi une idée.

– Il n'y a pas de solution, lui dis-je. Il faut tout brûler.

– À quoi cela servira-t-il ? Le pasteur Lemène va, chaque jour, continuer ses services. Je ne vais tout de même pas me pointer devant ma hiérarchie et leur dire qu'on fabrique une substance hallucinogène avec des pages sanctifiées par un pasteur. Cela ne m'étonnerait pas que de nombreux haut gradés se shootent maintenant à la détresse. À moins d'aller coller une balle en pleine tête au pasteur Lemène. L'envie m'en démange, mais ceux qui sont sur le marché de la détresse et qui savent comment cela fonctionne feront en sorte que d'autres pasteurs prennent la relève avec le même rituel. C'est le cas de dire que nous sommes échec et mat. Bravo pour votre idée géniale, Carl Vausier. Vous avez rendu notre monde encore pire que ce qu'il était.

Il a à peine terminé sa phrase que des tirs nourris arrosent la maison, faisant voler en éclats les vitres des fenêtres. La porte trouée de toutes parts ne résiste pas à la première charge d'hommes armés lourdement qui font irruption dans la pièce. Par les fenêtres, se faufilent avec agilité des enfants, eux aussi armés. Leur manière laisse deviner qu'ils n'ont suivi aucun entraînement pour ce type d'opération somme toute basique. L'inspecteur a laissé tomber son arme et levé les bras. Il a compris qu'aucune résistance n'est possible devant un tel déploiement de force. Je l'ai imité aussitôt. Je vois arriver, avec une surprise qui n'est plus de mise, Racine Carrée, James Calahan, accompagnés du pasteur Lemène.

– Ainsi, vous venez me voler mes pages blanches, tonne le pasteur. Savez-vous ce qu'elles peuvent rapporter ? Des millions. Avant, je les jetais dans une fosse d'aisance. Les brûler attirerait l'attention des fidèles.

Il éclate de rire.

– De toute manière, merci l'écrivain pour votre géniale idée. On m'a tout expliqué.

James Calahan s'interpose entre moi et Racine Carrée. Ce dernier me passe le canon de son arme sur le visage, jouissant déjà du plaisir qui serait le sien quand il presserait la détente.

– Vous m'avez donné du fil à retordre, Carl Vausier. Mais tout fini bien.

Racine Carrée jubile.

– Il n'a plus le droit de vivre. C'est important pour ma carrière. Mes nouvelles chansons cartonnent sur le Web. Plus d'un million de vues.

– Pas ici, laisse tomber sèchement Calahan. C'est un quartier résidentiel. Procède autre part.

Racine Carrée crache au visage de l'inspecteur Azémar.

– Celui-ci, je vais prendre mon temps avec lui.

Il frappe violemment l'inspecteur à l'estomac. Ce dernier se courbe sous la douleur, mais ne laisse échapper aucun cri.

– Un dur, persifle Racine Carrée. Nous allons nous amuser.

Calahan relève l'inspecteur.

– Je vous apprécie, inspecteur Azémar. Mais là, nous avons une trop grosse affaire pour vous laisser en vie. Je le regrette bien.

Je perds pied un instant. Un autre souvenir me revient. Un vertige. Je vacille. Calahan me soutient.

– Du courage, monsieur Vausier. La vie comme dans les romans.

– Maintenant, je comprends l'origine de l'énigme, lui dis-je. Je souffrais encore des séquelles de ma commotion cérébrale. J'ai fait quelque chose dont je ne comprenais pas trop la raison. Je savais que je devais le faire, tout simplement. C'était pour moi comme une urgence. Une bribe de mémoire sans doute qui persistait. J'ai mis des pages blanches dans plusieurs enveloppes que j'ai fait parvenir à la seule personne qui m'est venue à l'esprit alors : un ami américain au Massachusetts. Il avait été ambassadeur en Haïti. L'un des rares ambassadeurs américains à avoir manifesté une certaine sympathie pour notre peuple. Par précaution, je n'avais pas mentionné qui les envoyait. Je me disais qu'avec sa connaissance du pays et ses relations à Washington, il ferait en sorte qu'on déclenche une enquête sur cette bizarrerie. Après ma remise sur pied, j'ai tout oublié.

– Maintenant il faut s'ajuster à la réalité, fait Calahan.

Je ne comprends pas ce qu'il veut dire.

– Allez-vous avertir vos supérieurs, la DEA, de l'existence de cette nouvelle drogue ? Finalement, c'est votre mission. Découvrir le sens du message de ces pages blanches.

Calahan secoue la tête. Il paraît plus que navré.

– Vous êtes vraiment un grand naïf, monsieur l'écrivain. C'est triste qu'un grand esprit tel que le vôtre croie encore en la bonté naturelle du genre humain. Vous pensiez que ces gens au contrôle de votre pays seraient capables d'une certaine empathie avec ceux qui souffrent s'ils pouvaient, même une fois, vivre dans leur chair la détresse des autres ! Nous allons financer le pasteur Lemène pour que fleurissent des temples dans tout le pays. La détresse n'est pas encore dans le viseur des polices. Que votre classe supérieure se fracasse la cervelle avec la détresse, on s'en fout. La détresse nous rapportera des millions pour financer des opérations spéciales à travers le monde sans qu'on ait à quémander auprès de ces hypocrites du Congrès. Et puis il y a des choses à apprendre sur la détresse. C'est un domaine assez nouveau qui intéressera l'agence.

Des soldats de Racine Carrée qui fouillaient les autres pièces reviennent avec Max, toujours menotté. Mon ami me lance un regard furibond.

– Je n'ai pas voulu accorder foi aux propos de l'inspecteur. Il semble qu'il ait dit vrai. Que t'est-il arrivé, Carl ?

Je ne me préoccupe pas de lui. C'est Calahan que j'ai dans ma ligne de mire.

– Vous avez menti à cette jeune fille qui a respecté sa part de contrat. Vous avez utilisé sa détresse pour arriver à vos fins. Ce n'est pas correct, même pour un agent de la CIA.

L'Américain me regarde avec commisération.

– Qu'ai-je à foutre d'une Haïtienne dans un ghetto, Carl Vausier ? me lance-t-il.

Il crie à ceux qui l'accompagnent.

– Il fait déjà nuit. On évacue.

Je suis poussé au-dehors par deux paires de mains rugueuses. Des flammes aux silhouettes vaguement humaines planent au-dessus de nous. Sont-elles réelles ou la matérialisation d'une folie collective ? Elles plongent soudain vers les boîtes de pages qui s'enflamment simultanément. Le pasteur Lemène, de sa voix tonitruante, entame un psaume de David. Il se laisse tomber à genoux, les mains levées vers le ciel. Racine Carrée, ses hommes et Calahan font feu en direction des flammes. Ce qui se passe est indescriptible. Les feux se multiplient et bondissent vers nous. Je suis environné d'une fournaise qui me coupe le souffle, m'aveugle pendant quelques secondes. J'entends les hurlements des soldats de Racine Carrée, les imprécations désespérées du pasteur Lemène, les appels à la pitié en anglais de Calahan. Tout cesse soudainement. Je me retrouve sain et sauf en compagnie de l'inspecteur Azémar et de mon ami Max. Quelques flammes dévorent, comme affamées ou assoiffées, les boîtes de pages encore intactes. Ensuite, nous les voyons s'élever dans les airs, rejoindre celles qui tournoient au-dessus de la propriété. Nous avons l'impression qu'elles se concertent, puis sans bruit elles glissent lentement vers la montagne. Sur le sol, sur le tapis de feuilles sèches, des tas de cendres fumantes et des armes à côté d'eux. Je refuse de penser à ce que ces cendres ont été, quelques secondes auparavant. L'inspecteur Azémar prend des clés dans sa poche pour libérer Max de ses menottes.

– Tu me dois des explications, me dit mon ami, tout tremblant, en frottant ses poignets. Vous aussi, inspecteur. Pour rien au monde, je ne voudrais revivre cela.

L'inspecteur garde le silence. Ses yeux sont rivés vers le sillage lumineux des flammes qui n'ont rien laissé des pages. Il est en même temps plongé dans une profonde réflexion.

– Pensez-vous, monsieur Vausier, que votre plan puisse se réaliser d'une autre manière, celle-ci plus expéditive ?

Je n'ose pas répondre. Les flammes nous ont épargnés, Max, l'inspecteur et moi. Sourdes et aveugles au début, elles se sont nourries de la détresse et de la souffrance de milliers de personnes. Elles savent maintenant où projeter leur fureur. En certains lieux, on allait devoir vite profiter une dernière fois du plaisir, de la jouissance que la détresse procure. Les flammes ne laisseraient rien sur leur passage. Qu'une terre brûlée qui demanderait à être réensemencée avec la bonté et l'espoir de l'homme nouveau, afin qu'elle puisse donner d'autres arbres, d'autres fruits.

– J'ai une dernière question pour vous, monsieur l'écrivain, me lance l'inspecteur.

– Laquelle ? lui dis-je avec, je ne sais pourquoi, un sentiment de malaise.

– Êtes-vous satisfait de la fin de cette histoire ? L'avez-vous mieux travaillée que celle de Milcent ?

***

J'erre toute la nuit dans les rues de la cité sans crainte aucune, m'arrêtant devant l'étal de rares marchandes d'alcool pour quelques verres de ces concoctions d'herbes, de racines ou de feuilles qui ont la vertu beaucoup plus que d'autres boissons de vous faire entrevoir les couleurs cachées de la nuit en ouvrant en vous les hublots d'une revêche béatitude. J'aurais voulu, dans cette nuit noire, que les lointains incendies sur la montagne ne sont pas capables d'éclairer, trouver un stylo, un cahier pour savoir si mon inspiration se terre toujours au plus profond du désert de mes désolations. À ces heures plus que tardives, toutes les boutiques sont fermées, et n'offrent leurs services que les vendeuses de mirages et de chair. Les premières lueurs du jour me surprennent, affaissé sur le banc d'une place publique. Une pute me propose son corps pour trois fois rien. Elle insiste. Elle a dû passer la nuit sans décrocher un client et sa journée se dessine pour elle et sa famille sous le signe d'une détresse encore pire que celle d'hier. Je lui tends un billet de mille gourdes. Elle me remercie avec effusion, me proposant un rendez-vous la nuit prochaine sur ce même banc. Pour me débarrasser d'elle, je lui mens en promettant d'être là à l'heure qu'elle désire.

Je me souviens de Marie-Lilith que j'ai laissée enfermée dans la salle de bains. Elle est peut-être morte à l'heure qu'il est. Je fais la route à pied pour me dégourdir les jambes et chasser les brumes de mon cerveau. Je n'ai plus aucune crainte en m'engageant dans la rue qui mène à mon appartement. Un taxi-moto passe, déversant à plein volume un hit de Racine Carrée.

Je me dépêche d'entrer pour aller ouvrir la porte de la salle de bains. Marie-Lilith est assise, à sangloter sur la cuvette fermée des w-c. Quand elle me voit, elle me décoche un regard dénué de colère, mais plein de ressentiment et de désespoir.

– Tu n'as rien à craindre, lui dis-je. Racine Carrée est mort. Calahan également. Mais pour les États-Unis, il faudra attendre une autre occasion.

– C'est peut-être toi, cette autre occasion, fait-elle.

Je capte dans ses yeux une flamme furtive qui donne un je ne sais quoi à la froideur de sa beauté.

– Si tu veux, tu peux rester ici, en attendant que tu saches où aller, je lui propose.

Elle se lève, vient vers moi et se laisse tomber dans mes bras. Il n'y a aucune agressivité en elle. Elle semble toujours détachée de tout ce qui l'entoure. Son prénom est-il responsable de cette étrange particularité ?

– Te souviens-tu de mon baiser dans la pirogue? me demande-t-elle.

Comment oublier un pareil moment? Je ne me serais jamais attendu à un tel comportement d'une femme à l'air aussi froide, aussi éteinte.

– Aide-moi à revenir, hoquette-t-elle. Aide-moi.

Elle se dénude lentement devant moi. Son corps déjà de femme est fabuleux. Elle porte quelques cicatrices. Une à l'épaule au-dessus de son sein droit, une sur le ventre à la hauteur du nombril. Elle a aussi un tatouage qui représente une fille et un cercueil en croix. Mais tout cela ne ternit nullement sa beauté. J'ai une érection.

– Je voudrais, avant, un peu d'eau bien fraîche, dit-elle. Je t'en prie.

Je me dépêche d'aller lui en chercher. J'ai une excitation pas possible. En même temps, je me fustige pour la perversité de ce désir. Le corps de cette jeune fille est un temple qui garde la mémoire de ce temps vicié et corrompu, et peut-être la juste flamme qui embrasera un jour cette terre. Quand je reviens avec l'eau, je suis à peine surpris de voir Marie-Lilith son arme à la main. Elle l'a découverte, je ne sais comment, dans le tiroir de la commode où je l'avais dissimulée.

– Marie-Lilith, je gémis. Tu ne vas pas m'abattre ainsi. Quel sens cela aurait-il ?

– La vie a-t-elle un sens ? réplique-t-elle. Tiens-tu à coucher avec moi ?

– Veux-tu que je te mente ? Oui. J'ai une envie folle de toi. Mais…

– Mais…

Je ne trouve pas mes mots. Le canon de son arme vise toujours le milieu de mon front. Elle ne me ratera pas.

– Tu l'as dit, Carl Vausier. Mon âme est noyée dans un océan de souffrance. Tu es le seul à avoir pu le comprendre. Je n'ai jamais pu offrir aux hommes, qui ont pensé me posséder, qu'une étreinte de cendre froide. N'oublie jamais ce baiser que je t'ai donné cette nuit. Mes seules et dernières secondes d'amour. Maintenant, laisse-moi les rejoindre. Ma mère. Ma sœur.

Avant que je ne puisse l'en empêcher, elle met le canon de l'arme dans sa bouche et presse la détente.

***

Je n'erre plus dans les rues de la cité. J'erre dans ma chambre, autour du cadavre de Marie-Lilith. Je l'ai serrée dans mes bras, je me suis sanctifié dans son sang. Je ne sais plus qui je suis, pour quelle raison je suis ici. Je ne me souviens de rien sauf de ce coup de feu et de cette jeune fille qui s'est écroulée devant moi.

J'ai pris l'arme de sa main. Je n'irai nulle part. Je resterai ici jusqu'à ce que je ne sais quoi me consume, éteigne ma conscience. J'entends une porte qui s'ouvre au rez-de-chaussée. Une voix de femme. Un souvenir perce ma brume d'oubli. Younta ! Elle crie : « Carl ! Es-tu là ? » Je ne vois que le corps de Marie-Lilith. « Je sais que tu es là. Certainement avec une femme. Tu ne changeras jamais. » La colère me traverse telle une décharge électrique. Le doigt sur la détente, je descends l'escalier. Je vais faire taire définitivement Younta. Je ne veux plus que ma brume d'oubli. Le silence des pages blanches de ma détresse.

Il lança contre eux son ardente colère. La fureur, la rage et la détresse. Une troupe de messagers de malheur.

Psaume 78 : 49

28 octobre 2022, Tessert, Cayes-Jacmel

Mise en pages :
Anne Offredo, Valravillon

Cet ouvrage a été achevé d'imprimer
en mars 2024 dans les ateliers de
Normandie Roto Impression s.a.s.
61250 Lonrai

N° d'imprimeur : 2400848
Dépôt légal : avril 2024
ISBN : 978-2-38482-079-5
Imprimé en France